지도가
지구를
덮은날

KB004953

지도가
지구를
덮은 날

김이박
소 설 집

첫 소설집을 낸 김이박입니다.

신춘문예나 문예지로 등단한 적이 없습니다.

자신의 생각을 쓸 수 있으면 작가라 생각합니다.

저는 한 가지 원칙으로 글을 썼습니다.

'쓰고 싶은 내용을 쓰고 싶은 만큼만 쓴다.'

그러다 보니 네 편의 이야기 중 세 개는 적당히 짧고,

하나는 장편이 되다 만 긴 단편입니다.

'적폐청산'의 푯대 아래 2년 가까이 하루도 빠짐없이

폭로가 이어지는 폭로 사회에 살다 보니

하루하루가 롤러코스터였습니다.

근대 이성으로도, 포스트근대의 탈이성으로도
작금의 적적폐폐는 이해할 수 없었습니다.
세상은 '백치가 읊조리는 소리와 분노로 가득 찬
아무 의미도 없는 이야기'라는 셰익스피어의 말에서
힌 발짝도 더 나아가지 않았습니다.
현실이 픽션보다 더 허구 같고 구라 같은데,
그 현실을 '설說'로 풀어낼 수 있을 지 망설여지기도 했습니다.

자원도 없는 반쪽 국토에서 민주국가의 정의를 찾아온
남한 사회는 참으로 믿기지 않는 번영과 정의로움을 일궈냈습니다.
그러나 분단과 결핍의 사회에서 성장한 사람들은
자신도 알지 못하는 사이에
봉합하고 메꾸려 하는 기질을 갖게 됩니다.
우리는 참 열심히 살았습니다.
밤낮으로 꿰매고 메꿨습니다.
하지만 열심히에는 부작용도 따릅니다.
어느 순간 들여다보니 부글부글 끓던 우리의 자아는
한순간 증발되고 없었습니다.
지식인들은 자아를 찾으라고 그렇게 외쳐대지만,
실종된 자아는 귀가하지 않습니다.
한마디로 우리는 상실의 시대에 살고 있습니다.

제 글은 상실에 대한 이야기입니다.

사람들은 아름답고 행복한 이야기도 많은데
왜 하필이면 상실이냐고 묻습니다.
그러나 문학이 탄생한 이래 대다수의 이야기들은
충만이 아닌 결핍을,
선행이 아닌 악행을,
논리정연이 아닌 어처구니없음을 노래했습니다.
인간이 그 정도밖에 되지 않기 때문에
인간을 노래하는 문학도 그렇게 될 수밖에 없습니다.
함량이 모자라는 저 역시 행복이 차고 넘치는 이야기는
쓸 수 없었습니다.

태어나는 순간 아기가 울지만,
사실은 결핍의 존재를 악마의 세상으로 인도해야 하는
부모가 울어야 하는 것 아닌가 싶습니다.

부족한 사람의 글이지만 읽어주시면 행복하겠습니다.

차례

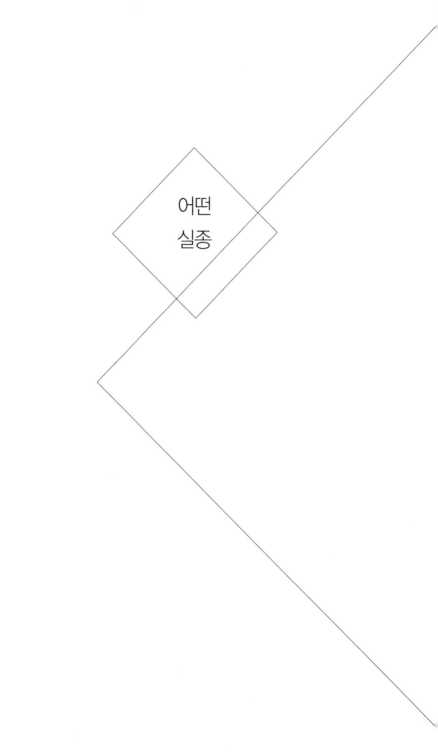

어떤
실종

헤이데이 Hey Day

그들은 상하이 타이안 로드Tai'an Road에 위치한 재즈바 '헤이데이Hey Day'에 있었다. 그들이란 아서Arthur, 마야Maya, 톰Tom, 조반니Giovanni, 파올로Paolo, 그리고 니키Nikky를 말한다. 그들은 모두 상하이에 살고 있으나 태어난 곳은 각자 다르다. 상하이가 그들이 살게 된 네 번째, 다섯 번째 도시쯤 된다. 그들은 직업도 제각각이다. 크리에이티브 디렉터, 주얼리 디자이너, 마케터, 프로듀서, 패션 디렉터, 영상 감독이다. 잡탕 섞어찌개 같은 이들 틈에 나도 끼어 있었던 것은 아서 그리고 톰과 함께할 프로젝트가 있어 상하이에 왔기 때문이다. 성공적으로 일을 끝낸 우리는 내가 서울로 무사귀환

하기 전날 마지막 밤을 재즈바에서 보내기로 했다. 지구로의 무사귀환도 아닌, 그 별것 아닌 서울로의 무사귀환을 위해서.

헤이데이는 상하이에서 가장 인기 있는 재즈바였다. 3년 연속 상하이의 베스트 재즈바에 선정되었고, 방문자 평점은 4.9로 거의 만점, 트립어드바이저로부터는 별 4개를 받았다. 트립어드바이저의 별점은 사실 절대적 기준이 못 된다. 아무리 공정한 평가 시스템을 도입한다 해도, 결국 인간이 하는 일은 그 인간의 호불호에 전적으로 영향을 받게 되어 있으니까. 나 역시 인생을 살아오면서 많은 사람들의 개인적인 호불호에 의해 이리저리 재단되었을 터였다. 그러거나 말거나 무슨 상관이람. 남에게 폐 안 끼치고 각자 잘 살기도 힘든 세상 아닌가.

헤이데이에는 처음 간 것이었는데, 첫눈에 반했다는 진부한 표현이 확 당길 만큼 나는 첫눈에 반했다. 작지만 아늑했다. 음악의 성격에 따라 공연 장소의 성격도 다르기 마련이다. 재즈바의 조건은 무엇보다 아늑함이다. 느슨하게 풀어지는 재지jazzy한 느낌을 얻기 위해 가는 곳 아니던가. 나에게 헤이데이는 별점 5개였다. 순전히 개인적인 취향에서 나온 평점이다. 그럼 된 거다. 내 맘에 별 5개면 된 거다. 남의 마음에 들기 위해 허비해온 수많은 시간들이 가슴에 뚫린 구멍 사이로 숭숭 지나갔다.

2016년 11월 3일, 그날은 이곳 터줏대감이자 메인 보컬인 재클린Jacqueline이 노래를 불렀고, 파라과이안 히메네스Jimenez가 기타를, 홍콩에서 온 안드리아Andrea가 전자 바이올린을 담당했다. 이곳 헤이데이에서는 상하이를 방문한 뮤지션들과 함께 즉흥 팀을 구성해 연주를 한다. 재즈의 가장 큰 특징인 임프로바이제이션improvisation이 팀 구성에도 적용되고 있는 것이다.

밤 12시 가까이 되어 대부분의 사람들은 빠져나갔고 우리 팀만 남았다. 재클린은 우리 일행만을 위한 마지막 곡을 들려주겠다고 허스키 보이스로 말했다. 1930, 40년대 상하이를 묘사하는 영화에 등장하는 단아한 퇴폐미를 풍기는 여인이었다. 몸에 딱 붙는 치파오를 단정하게 차려입고 큰 보료 위에 누워 긴 파이프에 아편을 담아 피우는 모습이 떠올랐다. 그녀의 허스키한 목소리는 단아한 퇴폐미와 잘 어우러졌고 피리 부는 마법사처럼 청중들의 넋을 앗아갔다. 그녀는 우리 일행 중 하나였던 조반니의 여자였다. 조반니는 땡잡은 남자였다.

히메네스가 스팅Sting의 〈프레자일Fragile〉을 연주하기 시작했다. 〈프레자일〉이 재즈로 변주하기에 아주 좋은 곡일 수 있다는 사실을 그때 알았다. 반복되는 가사인 '우리는 얼마나 깨지기 쉬운 존재인가How fragile we are'를 재클린이 몸속 저 깊은 곳에서 뿜어낼 때, 나는 눈가에서 액체가 머뭇거리는 것을 느꼈다. '하우 프레자일 위이 아~~' 수많은 나라를 돌아다녔던 나는 공항에서 수화물이 나오길 기다리면서 'FRAGILE'이라는 딱지가 붙은 가방을 볼 때마다 '저 딱지를 나에게 붙이고 싶다'라는 생각을 수도 없이 했다. 강한 척했지만 유리 심장을 가지고 태어났다. 나는 깨지기 쉬웠다. 취급주의가 필요한 인간이었다.

르 로열 메르디앙 Le Royal Meridien

한국인 표재일이 실종됐다는 소식이 상하이 영사관에 접수된 건 2016년 11월 4일 오후 3시쯤이었다. 체크아웃 시간을 넘겼음에도 인기척이 없자 호텔 측에서 문을 열고 들어가 보니, 짐은 그대로 있는데 사람은 온 데 간 데 없었다. 체크인 때 작성한 서류의 핸드폰 번호로 전화를 걸어보았지만 핸드폰은 꺼져 있었다. 호텔에서는 무작정 사람을 기다릴 수도 없고 방을 비워서 영업을 해야 하는 입장이라 우선 경찰에 실종 신고를 하고 대한민국 영사관에 알린 후 짐을 빼 보관했다. 이런 유의 실종은 다반사였기에 경찰은 즉각적인 수색 조치를 취하지는 않았다. 많은 경우가 그랬듯 표재일 역시 술에 취해 어딘가에 널브러져 있을 거라 생각했다. 다만 신고는 받은 상황이니 호텔 측에 그가 돌아오면 연락을 달라는 정도의 지침만 내려놓았다.

이틀이 지나서도 표재일은 호텔로 돌아오지 않았다. 어떠한 연락도 없었다. 이 사실은 경찰과 영사관에 바로 보고되었다. 표재일을 찾아내는 작업을 시작하지 않을 수 없게 됐다. 경찰은 우선 입국 기록을 토대로 표재일이 대한항공을 이용해 상하이에 입국한 사실을 알아냈고, 그가 예정된 날짜에 인천행 귀국 비행기를 탄 기록이 있는지 확인했다. 항공사 측에서는 표재일이 11월 4일 오후 2시 푸둥-인천 KE898편으로 귀국 예정이었으나 공항에 나타나지 않았다는 사실을 통보했다. 이쯤 되면 실종이나 잠적이 의심되는 상황이었다. 영사관 입장에서는 그가 단순히 몸에 이상이 생겨 어딘가에 머물며 연락을 취할 상황이 안 된 것이라면 문제가 없겠으나, 범죄나 기타 좋지 않은 일에 연루되어 잠적한 것이라면 골치 아픈 상황이 되는 터였다. 만약 표재일의 신변에 문제가 생긴다면 해외에 나가 있는 국민을 제대로 돌보지 못했다는 욕을 엄청 듣게 될 것이었다. 욕하는 데는 사실 이유가 없다. 욕하기 위해 욕하는 것이니까. 언론에서나 소셜미디어에서나 어디 욕할 거리 없나?만 찾고 있는 형국이니까.

영사관에서 본국에 표재일의 신상 조회를 요청했고 답을 받았으나, 표재일은 의심을 살 만한 인물이 전혀 아니었다. 대한민국 남자의 용맹의 훈장인 그 흔한 음주운전 기록조차도 없었다. 영사관은 경찰에 빠른 수사를 부탁했다. 그러잖아도 각종 행사로 일년이 빡빡한데 귀찮은 숙제 하나가 혹처럼 붙었다.

표재일을 찾는 일은 수사관 저스틴 형사에게 할당됐다. 마약단속반을 거친 15년차의 베테랑이었다. 다부진 체격에 늘 가죽점퍼를 입고 다녔다. 그가 형사가 된 것은 코밑에 솜털이 나기 시작할 무렵 즐겨보았던 첩보영화 때문이었다. 영화에 등장하는 첩보원들은 지적이고 단호했으며, 상대편 스파이와 불현듯 불안한 사랑에 빠지기도 했다. 무엇보다 첩보원이 가져야 할 정치적 사명감과 인간이 지니는 시적 정의감이 갈등을 빚는 부분이 늘 그의 마음을 끌어당겼다. 하지만 현실은 그렇지 않았다. 잡아 처넣는 것이 그가 할 수 있는, 해야 할 일의 전부였다.

저스틴은 우선 호텔과 그 주변을 탐문하고 표재일의 상하이 지인들을 찾아 조사하기로 했다. 호텔은 상하이 푸시 지역 중앙에 위치한 '르 로열 메르디앙Le Royal Meridien'이었다. 그는 먼저 호텔에 설치된 CCTV 영상을 살펴보았다. 표재일이 11월 3일 오전 11시에 호텔에서 나간 모습은 포착됐으나, 몇 번을 확인해도 그날 그가 호텔로 들어오는 모습은 보이지 않았다. 다시 말해 표재일은 호텔로 돌아오지 않은 채 어디에선가 증발한 것이었다. 뭔가 이상한 낌새가 느껴지는 정황이었다. 계속해서 연락이 닿지 않는 것을 보면 그가 의도적으로 연락을 차단한 것이거나 아니면 못된 놈들에게 해코지를 당한 것일 텐데, 밝혀진 정황을 고려해보면 단순한 방문객인 그가 의도적으로 연락을 차단할 이유는 없어 보였다. 그렇다면 경찰 입장에서는 최악의 상황, 즉 누군가로부터 폭행을 당하고 금품 따위를 빼앗긴 후 버려졌을 가능성에 무게를 두는 수밖

에 없었다. 저스틴은 문제를 풀 수 있는 최소한의 실마리를 찾아
야 했다.

욜로 YOLO

　자정을 넘긴 시각 헤이데이에서 나온 나는 벽에 붙어 있던 오늘
의 연주를 알리는 포스터를 바라보았다. 세 명의 트리오가 흑백으
로 촬영된 사진 속에 담겨 있었다. 방금 전까지 저 안에서 연주하
던 그들이 이 세상에 존재하지 않는 것처럼 느껴졌다. 잠시 지구
에 들렀다가 또 어디론가 획 사라져버린 외계 생명체 같았다.

　옅은 안개 속에 서서 몇몇이 담배를 나눠 피운 후 우리는 곧 다
시 보자며 서로 허그를 나눴다. 니키는 다음 날 촬영으로 보스니
아로 떠난다 했다. 짧은 금발에 키가 175쯤 되는 그녀를 보면 배
우일 거라 생각하지 감독이라고는 생각지 못할 것이다. 그만큼 눈
길을 끄는 외모였다. 양쪽 팔뚝에 타투를 하고 머리를 완전히 밀
어버린 파올로는 잠시 자신의 고향인 토리노로 가서 일주일 정도
머물다 올 거라며 빡빡머리에 비니를 뒤집어썼다. 조반니는 자신
의 애인 재클린의 허리에 손을 두르고 집으로 떠났고, 아서 역시
그의 애인 마야의 손을 잡고 어둠 속으로 안개 속으로 사라졌다.
알아듣기 심히 어려운 영글리쉬를 구사하는 영국인 톰 역시 "씨

유 순 브로~"를 외치며 어디론가 사라졌다.

모두가 사라진 후 택시를 기다리며 길 위에 멍하니 서 있는데, 짐을 챙겨 나오는 기타리스트 히메네스를 만났다.

"오늘 연주 너무 좋았어. 고마워!"

"내가 고맙지. 사실 감기에 걸려 컨디션이 별로였거든…… 상하이에만 오면 감기에 걸려……"

"별로인 컨디션에 그 정도 연주면 컨디션 좋을 땐 노벨 연주상이라도 받는단 거야?"

"ㅎㅎㅎ…… 지금까지 들어본 농담 중 제일 엿 같은 농담이다. 받을 게 없어 노벨상을 받냐?"

"ㅍㅎㅎㅎ…… 그치? 인생 자체가 엿 같은데…… 내일 여기 또 와?"

"아니, 아침 일찍 떠나."

"어디로?"

"어딘가로……"

'Somewhere'라는 그의 마지막 음성이 안개 속에 지워졌다. 그 역시 기타를 메고 어딘가로 사라졌다. 나도 어디론가 사라져야 할 것 같았다.

아주 어렸을 적, 그러니까 세 살쯤이었을까, 나는 미아가 될 뻔한 적이 있었다. 익숙한 세상에서 사라질 뻔한 것이다. 나를 무척 예뻐했다던 둘째 이모가 추석 전날에 나를 데리고 동대문 시장에 갔다. 추석빔을 사주려 했단다. 명절이면 재래시장이 미어터지던 시절이었다. 가물가물한 기억 속에서도 인화된 사진처럼 떠오르는 장면은 시장 초입에서 수많은 사람들에 떠밀려 이모의 손을 놓친 것, 울음을 터뜨린 것, 누군가의 등에 업혀 있다가 눈을 떠보니 어머니의 품에 안겨 있던 것이다. 나중에 들은 바에 의하면 근처에 있던 가게 아주머니가 울고 있던 나를 데려다 달래고 밥을 먹이고 업어 재웠다고 했다.

아직도 또렷이 각인되어 있는 당시의 느낌은 이모의 손을 놓치고 분리되던 순간의 두려움과 막막함이다. 손에서는 아직도 그 느낌이 만져진다. 세상이 갑자기 암전되어 아무것도 보이지 않았다. 내 최초의 기억은 이처럼 시커먼 상실감이었다. 아마도 갓 태어난 신생아가 당시 상황을 기억할 수 있다면 떠올릴 느낌과 같을 것이다. 아이가 엄마에게서 분리되어 나올 때 터뜨리는 울음은 상실감이 빚어내는 울음이다. 익숙하고 보호받는 환경을 빼앗겨버린 불안감이 토해내는 울음이다. 하나의 존재로서 세상에 발을 딛는 순간, 인간이란 존재가 느끼는 첫 감정이 충만함이 아니라 상실감이라니…… 히메네스를 마지막으로 모든 사람을 떠나보낸 후 갑자기 무의식에 가까운 기억이 떠오른 것은 무슨 계시였을까? 몸속에 각인되어 있던 유년기의 분리와 상실의 느낌이 끊임없이 이어져 뭉클뭉클 쏟아져 나오고 있었다.

10분 후 조반니가 위챗 디디로 불러준 택시가 왔다. 중국어가 짧은 나는 호텔 명함을 보여주고 그리로 데려가달라 했다. 호텔로 향해 가고 있었지만 내게 그곳은 그저 어디론가였다. 15분 정도 걸려 상하이 중심가에 있는 호텔에 도착했다.

　택시에서 내린 나는 호텔 맞은편에 위치한 '욜로YOLO'라는 괴상한 이름의 바로 발길을 옮겼다. 귀국하기 전 꼭 한 번 들러서 술을 홀짝이고 싶었던 터였다. 그날도 밤늦게까지 사람들이 꽉 들어차 있었다. 젊은 친구들 사이에서 유행하는 '네 인생은 단 한 번이야' 를 뜻하는 'You only live once'의 줄임말이 벌써 바의 이름으로 둔갑해 있었다. 그만큼 상하이는 트렌드에 민감한 도시였다. 인생이 단 한 번이라는 그 뻔한 말이 시대의 키워드가 된 것은 미래를 위해 준비하고 저축하고 따위의 가치관은 이미 유골이 되어버렸다는 것을 뜻했다. 지금을 즐기기도 바쁜데 알지도 못하는 미래를 걱정할 이유가 뭐가 있겠는가. 미래는 실종된 지 오래다. "나는 잘 살고 있으니 너나 잘하세요"가 목까지 차올라 있는 세대가 욜로족 이니까.

　나는 바에 들어가 바텐더를 마주하고 앉았다. 글렌리벳 18년을 더블샷 온더락으로 주문했다. 야구공만 한 얼음 밑에서 옅은 갈색 액체가 기화하는 냄새가 코로 빨려 들어왔다. 〈앤젤스 셰어Angel's Share〉라는 영화를 보면 위스키를 통에 저장할 때 2%는 기화되어

날아가는데, 그것을 천사의 몫이라 하여 '앤젤스 셰어'라는 이름을 붙인다는 대사가 나온다. 나는 위스키를 마실 때마다 우선 향을 최대한 음미하며 실종된 2%마저 누리려고 했다. 별건 아니지만 내가 천사의 혜택을 누린다는 생각에서.

"혹시 여기서 내가 원하는 음악을 틀어줄 수 있니?"

나는 아르메니아나 아제르바이잔 쪽 사람으로 보이는 바텐더에게 물었다.

"글쎄…… 우리도 저장해놓은 음악을 트는데, 네가 원하는 게 없을 수도 있어."

"찾아보고 없으면 내 폰의 유튜브에서 찾아줄 테니까 스피커에 연결만 좀 해줘."

바텐더는 바에 처음 온 주제에 술이나 처먹지 별걸 다 시키네, 참 별난 놈일세…… 라는 표정으로 나를 잠시 쳐다보더니,

"아, 그럼 그냥 네가 유튜브에서 찾아주는 게 좋겠네"라고 성가신 투로 말했다.

나는 유튜브의 검색창에 스팅을 쳐 넣고 줄줄이 뜨는 그의 음악 중에서 〈프레자일〉을 골랐다.

"여기……!"

"워우~ 〈프레자일〉이군!"

"좋아하는 곡이니?"

"물론이지. 스팅을 좋아하거든. 내가 제일 좋아하는 곡은 〈잉글리시맨 인 뉴욕〉이지만. 그런데 나는 '아르메니안 인 상하이 Armanian in Shanghai'지, ㅋㅋㅋ."

그가 코카서스 산맥 밑에 본적을 둔 아르메니아 사람일 거란 예감이 들어맞았다. 이런 예감이 들어맞을 땐 별것도 아니지만 왠지 기분이 좋아졌다.

"난 한국에서 온 재일이야. 표재일. 넌?"

"재일jail? 감옥? 감옥에서 살아? ㅋㅋ."

"아니라곤 말 못해. 세상이 감옥인걸, 뭐."

"난 미키타리안."

"엥? 축구 선수 그 미키타리안?"

"오 마이 갓! 미키타리안을 알아? 너 축구 정말 좋아하는구나. 우연히 그와 이름이 같아. 아르메니아 이름에서 끝부분의 ian은 아들son을 뜻해."

"미안한 얘기지만, 솔직히 아르메니아에 대해 아는 게 별로 없어. 너희들이 노아의 후손이라는 것과 축구 선수 미키타리안이 마침내 영국 프리미어 리그에 입성했다는 것 말고는……"

"그 정도면 많이 아는 거야. 난 아르메니아 사람이지만 노아의 방주가 있다는 아라라트산도 못 가봤는데 뭐…… 미안해할 필요 없어. 그냥 우연히 지구에 있는 나라야."

"우연히 지구에 있는 나라…… 멋진 표현인데?"

"여기 상하이에서 살아? 아니면⋯⋯?"

"아니. 비즈니스 땜에 우연히 왔어."

"어떤 비즈니스?"

"여기 마케팅 회사 JWT와 일할 게 좀 있어서."

"아, 마케팅⋯⋯ 나는 네가 뮤지션일 거라 생각했어. 전반적인 느낌이 ㅎㅎㅎ."

"그런 소리 많이 듣지. 롹커 아니냐는⋯⋯"

우연히 생긴 나라에서 태어나 우연히 만나게 된 우리는 우연히 좋아하는 뮤지션이 같다는 이유로 친해졌다. 몇 마디 시답지 않은 얘기가 한두 차례 더 오갔고, 그가 연결해준 음악이 흐르기 시작했다. 스팅이 부르는 노래는 아까 헤이데이에서 들었던 재즈풍의 변주곡보다 훨씬 더 애잔했다. 남자의 심금을 이렇게 울리는데 여자의 심금이야 오죽 울렸을까. 많은 뮤지션들은 본인이 원하지 않아도 바람둥이가 될 수밖에 없다. 이미 음악이 잔뜩 바람을 잡아놓으니 바람 타고 넘어오는 것은 순식간이다. 스팅보다는 스팅의 연주와 노래의 분위기에 죽는다. 생각해보니 나 역시 꾸며진 이미지로 세상을 대면하고 별 볼 것 없는 실상으로 겨우 버텨왔던 것 같다. 아니, 어쩌면 나는 실재하지 않는 허상일지도 모른다. 이 세상에서 이만 꺼져줄 때가 되었다. 〈프레자일〉이 끝나자 나는 잔에 남은 글렌리벳을 비우고 바를 나섰다.

JWT

저스틴은 호텔에 보관된 표재일의 짐을 조사했다. 그가 남긴 짐에서 뭔가 단서를 찾기 위함이었다. 노트북이 남아 있으면 수사에 많은 도움이 될 터였다. 그의 마음을 읽을 수 있는 흔적을 찾을 수 있기 때문이다. 가령 그가 잠적하여 증발해버리는 계획 따위를 예전부터 세웠을 수도 있다. 사람의 본마음은 참으로 헤아리기 어렵다. 겉보기와는 영 딴판인 일을 저지르는 경우를 저스틴은 숱하게 목격해왔다. 그가 경험한 별점 5점의 표리부동은 사회복지를 가르치는 한 저명한 교수가 자신의 애인을 토막살해한 일이었다. 그의 노트북에는 갖가지 방법으로 사람을 살해하는 하드고어 동영상 수십 개가 저장돼 있었다. 그 사건을 계기로 저스틴은 인간의 본질은 악에 뿌리를 두고 있다는 생각을 굳히게 됐다. 악마가 밖으로 튀어나오려 하는 것을 이성이 간신히 제어하고 있을 뿐이라 믿었다. 불행히도 표재일의 짐 속에 노트북은 없었고, 남아 있는 거라곤 옷가지와 세면도구뿐이었다. 방을 치웠던 직원이 전화기 옆에서 발견한 거라며 메모지를 건넸다. 짧은 한글 문장이 적혀 있었다. 저스틴은 메모지를 접어 주머니에 넣고 호텔을 나섰다.

호텔에서 허탕을 친 저스틴은 호텔 근처의 가게들을 대상으로 탐문 수사를 벌이다가 '욜로'라는 바에 들어섰다. 그리고 이삼 일 전에 표재일이 이곳에 들러 위스키를 한잔하고 갔다는 사실을 알아냈다. 저스틴이 내민 사진을 보자마자 바텐더는 사진 속 인물이 표재일임을 금세 알아보고는 자신이 겪었던 일들을 소상하게 말해주었다. 글렌리벳을 주문했다는 것, 스팅의 〈프레자일〉을 틀어달라 했다는 것, 바에서 음악을 틀어달라니 좀 엉뚱한 사람이라 생각했지만 그냥 스팅의 음악을 좋아하는 사람이겠거니 했다는 것, 생김새와 차림새가 뮤지션 같았다는 것, 새벽 1시 가까이 되어 나갔다는 것 등이었다. 끝에 마케팅 회사 JWT와 프로젝트가 있어왔다는 얘길 했다는 사실도 덧붙였다. 저스틴에게는 그 마지막 사실이 중요한 단서가 될 수 있었다. 고맙다는 인사를 남기고 그는 욜로를 나섰다. 빨리 처리해야 할 사건이었다. 여행 중 실종된 사람의 뒤나 밟고 있을 시간이 그에겐 없었다.

저스틴은 마약단속반의 엘리트였다. 미국 마약단속국 DEA^Drug Enforcement Administration에서 교육을 받기도 했던 그는 상하이로 오기 전에 마약의 온상지인 광둥성에서 마약 범죄를 캐내는 데 혁혁한 공을 세웠다. 그런 그가 마약단속의 업무를 줄이고 주로 실종된 인간들을 찾아 나서게 된 건 근래 몇 년 동안 마약 사범 사형집행으로 마약 범죄가 수그러든 이유도 있었지만, 일이 년 전부터 갑자기 실종자가 늘었기 때문이었다. 실종의 증가는 사회의 발전 속도에 비례한다. 바꿔 말하면 사회의 발전이 인간의 실존에 독이 된다는 뜻이다. 이 아이러니는 사회심리학 관점에서도 분석이 필요한 상황이었다. 저스틴은 마약단속반 시절 그가 보여준 고품질의 촉과 감 덕분에 새로운 임무를 덤으로 짊어지게 됐다. 투덜댔으나 어쩔 도리가 없었다. "너의 사정을 모르는 것은 아니지만 딱 일 년간만이야. 일 년 동안 실종의 유형과 원인에 대해 매뉴얼을 좀 만들어봐. 늘 주먹구구식으로 쫓아다닐 순 없잖아. 그 후엔 다시 마약단속반으로 복귀해도 좋아!"라는 상사의 명령을 계약 조건으로 그는 실종 사건을 맡아 나섰다.

　그동안 그가 경험한 실종은 크게 두 가지 유형이었다. 하나는 납치나 유기에 의한 강압적 실종이고, 다른 하나는 잠적과 같은 자발적 실종이었다. 두 가지 유형 모두 복잡한 원인이 섞여 있지만 후자의 실종자를 찾아내기가 더 힘들었다. 전자는 주변을 캐보면 대체로 원한 관계의 납치나 스토킹, 그리고 우발적이거나 의도적인 강도나 강간 등의 정황이 드러나고, 그 증거를 추적하면 실종자를 찾을 수 있었다. 그러나 잠적과 같은 실종은 어느 날 느닷없이 발생하고 원인도 찾기 어려웠다. 가족이나 주변인도 모르는 경우가 허다했고 가족과 연락이 끊긴 지 오래된 경우가 대부분이었다. 물이 끓다 증발하듯이 한순간 그들은 증발한 것이다.

　저스틴은 이전의 프랑스 조차지에 위치한 JWT를 찾아갔다. 그리고 그 회사에서 표재일과 마지막까지 함께 있었던 사람이 아서와 톰이라는 사실을 알아냈다. 두 사람은 표재일이 실종됐다는 말을 듣고 깜짝 놀라는 반응을 보였다. 그렇게 될 이유가 조금도 없었기 때문이었다. 저스틴은 두 사람에게서 표재일이 상하이의 JWT를 방문한 정확한 이유를 물었다.

"사실 그의 친구 홍보민이 우리와 파트너로 일을 해왔어요. 이번 프로젝트엔 보민이 너무 바빠 참여를 못했고 대신 그가 가장 믿는 친구 표재일을 소개시켜준 거지요."

"홍보민은 무슨 일을 하는 사람입니까?"

"PR 전문가예요. 한국에서 PR계 전설이라 불릴 만큼 대단한 친구죠. 이제 겨우 30대 후반인데, 3년 전부터 프로젝트를 함께했어요. 우리에게 한국 클라이언트가 몇몇 있거든요."

"그럼 일종의 대타로 표재일이 온 거군요."

"네. 맞습니다. 표재일도 홍보민 못지않은 마케팅 전문가예요. 이번 프로젝트에서도 아주 많은 영감을 주었지요. 한국 시장을 잘 모르는 우리에게 매우 큰 도움이 됐습니다."

"3일 동안 같이 있으면서 표재일의 행동이나 그런 것에 뭐 이상해 보이는 점은 없었습니까?"

"아뇨. 전혀 없었어요. 서로 농담 던지며 쾌활하게 웃었고, 일도 잘 마무리했으니까요."

아서가 고개를 갸우뚱하며 경찰의 질문에 대답했다.

"지병이 있어 비관하거나 연인과 최근 안 좋은 일이 있었다거나…… 뭐 그런 건……?"

"아뇨…… 그는 보기에도 아주 건강했어요. 거의 매일 짐^{gym}에 가서 러닝과 웨이트 트레이닝을 한다 했어요. 근래엔 사귀는 여자도 없다 했는데. 정말 이상하네요. 실종됐다는 사실이 더욱 겁나는 것은 그런 일에 연루될 사람도 아니고 정황도 없기 때문이죠. 그러니 뭔가 우연찮게 나쁜 일이 벌어진 게 아닐까 우려되네요. 명석하고 유머감각도 뛰어난 친구였는데……"

콧수염과 턱수염 사이의 입술을 조물거리며 톰이 거들었다.

"한국에서 그가 조폭에 연루되어 있다거나 빚 때문에 파산 신청을 했다거나…… 그런 불미스러운 일은……?"

"아뇨, 아뇨, 그랬다면 홍보민이 추천하지 않았겠지요……"

아서가 절대 그럴 일 없다는 투로 손사래를 쳤다.

"보이는 게 전부는 아니지요."

저스틴은 '사람 속사정은 모르는 거야, 이 사람들아'라는 눈빛으로 그들을 쳐다보았다.

"마지막 밤을 헤이데이에서 보냈다 들었습니다. 거기서 다툼 같은 건 없었나요?"

"아니요, 전혀. 정말 유쾌한 밤을 보냈어요. 재일은 재즈 마니아였어요. 그래서 우리 일행 중 그날 밤을 최고로 즐겼지요."

"난감하군요. 암튼 기억을 되살려서 조금이라도 수상쩍었던 것이 생각나면 이리로 연락 주시길 바랍니다."

저스틴은 자기 명함을 건네주기 위해 주머니를 뒤지다가 손에 잡히는 쪽지를 발견했다.

"아 참, 표재일의 호텔방에서 이 쪽지를 발견했는데 뭐라고 씌어 있는 건가요?"

아서는 한국 클라이언트를 담당했던 아이린을 불러 쪽지의 뜻을 물었다. 그녀는 서울에 2년 동안 머물며 클라이언트를 케어했고 밤에는 어학당에 다니며 한국어를 배웠다. 아이린은 쪽지를 펴보았다. 거기엔 다음과 같이 적혀 있었다.

실존는 실종

"실존은 실종? 흠…… 워낙 함축적이라 정확한 뜻은 모르겠으나 실존은 존재하는 것이고 실종은 존재하지 않는 것이니, 결국 '존재한다는 것은 존재하지 않는다는 것이다.' 뭐 그런 뜻 같아요. 어렵네요……"

아이린이 머뭇거리며 그녀의 생각을 전달했다. 네 사람 모두 쪽지에서 눈을 떼지 못했고 잠시 침묵이 흘렀다. 순간, 그 다섯 글자의 화두를 풀지 못하면 표재일을 찾을 수 없을 것 같다는 느낌이 저스틴에게 훅 끼쳐왔다. 그는 명함을 건네주며 자리에서 일어섰다.

"그나저나 근무 환경이 아주 좋군요. 이런 데서 일하면 기가 팍팍 살겠는데요?"

"이참에 직업을 한번 바꿔보심이…… 마케팅도 사람의 마음을 탐문 수사하는 것이거든요. 아주 잘하실 듯한데……"

톰이 실없는 질문에 실없는 대답을 했다.

쓸모 있는 정보를 얻을 것이라 잔뜩 기대하고 갔던 그곳에서 저스틴이 들은 얘기는 "아니요, 아니요"가 전부였다. "아닐 것 같은데요"도 아닌 강한 부정 일색이었다. 그들의 인터뷰를 한마디로 요약하면 "표재일은 선 밖으로 발을 내밀 사람이 아닙니다"였다. 저스틴은 영사관에 연락해 지금까지의 상황을 전한 후 표재일을 찾는 것이 예상보다 길어질 것 같다는 의견을 전했다. 실종될 이유가 하나도 없었기 때문이다. 마지막 한 가지 가능성으로 남겨두었던 자살마저도 현재로서는 전혀 현실성이 없어 보였다. 형사의 입장에서는 아드레날린이 분출되지 않는, 상품 가치가 없는 사건이었다.

저스틴은 표재일의 실종을 자발적 잠적으로 가닥을 잡았다. 사람들은 자신의 존재를 지우고 싶을 때가 있다. 지우고 싶은 이유는 다양하지만 공통된 점은 이 세상이 자신을 잊어주길 바라는 것이다. 방법은 두 가지다. 이 세상에서 잠적하거나, 저세상으로 영원히 증발하는 것이다.

마다가스카르Madagascar

욜로를 나온 나는 천천히 호텔 쪽으로 발걸음을 옮기다 멈춰 섰다. 뜬금없이, 그러나 사실 알고 보면 뜬금 있는 이유가 있기도 하지만, 실종되고 싶다는 생각을 했다. 그렇다고 영화에서처럼 중요 인물이 납치돼 실종되는 그런 드라마틱한 실종은 아니었다.

나는 대부분의 사람들은 매일 실종된다고 생각했다. 집을 나서는 순간 그들은 실종된다. 직장으로, 학교로, 알바 장소로, 어딘가로 없어진다. 그들 중 대부분은 그곳에 감금되어 사회가 강요하는 원치 않는 일을 한다. 먹고살아야 한다는 이유로 볼모로 잡혀 그 강요에 응한다. 유리 심장을 가진 우리가 반발이나 할 수 있겠는가. 이 사회는 납치범이자 협박범이다. 우리는 껍데기만 있을 뿐이지 자아는 이미 오래전 실종됐다. 어릴 때부터 청소년기를 거치며 자아를 찾아야 할 시기에 자아를 버리고 체제에 순응하는 교육을 받은 우리가 자아가 온전하기를 바라는 것이 가당키나 한 일일까. 자아가 실종됐으니 어딘가에 있긴 있을 것이다. 그러나 실종된 그놈의 자아를 찾는다는 것은 정말 어려운 일이다. 종종 책이나 강연에서 잘난 척하는 작가나 연사 들은 그놈의 자아를 찾으라고 호소한다. 찾을 수 있는 방법은 가르쳐주지도 않으면서. 솔직히 자신들도 잘 모르면서.

나는 내가 원했던 자아대로 살았다고 볼 수 없었다. 내가 원하지 않았던 자아가 내 주인이 되면서 조직과 사회가 원하는 방향으로 순응하면서 살았다. 순응하는 것이 거부하는 것만큼 힘들었지만 순응하고 나면 편했다. 나는 지금까지의 표재일에서 실종되고 싶었다. 그러나 누가 나를 실종시켜줄 것인가. 결국 내가 나를 실종시키는 방법밖에 없었다. 그렇게 해서 나는 실종되기로 했다. 내 생애의 유일무이한 사건, 내가 나 자신을 실종시킨 것이다.

메고 나온 백팩에는 여권과 노트북이 들어 있었고 지갑엔 현금도 꽤 있었기에 특별히 호텔에 들어가 짐을 가져 나올 필요가 없었다. 호텔비도 이미 JWT에서 정산했기에 그마저도 신경 쓰지 않아도 될 터였다. 그냥 조용히 사라지는 것이 실종다웠다. 그 조용한 사라짐이 며칠이 될지, 몇 달이 될지, 아니면 영원한 것이 될지는 나로서도 알 수 없었다.

가장 마음에 걸리는 것은 요양원에 있는 어머니였다. 겨우 70대 초반인 어머니는 고상하게 알츠하이머라 부르는 치매 중기였다. 뇌졸중으로 쓰러진 것이 비극의 시작이었다. 이후 거동도 힘들어졌다. 움직이지 못하는 신체는 뇌에 더 큰 데미지를 입혔다. 기억이 실종된 것이다. 나는 일주일에 한 번은 어머니를 찾아갔는데, 열 번에 한 번 정도 겨우 나를 알아보았다. 바쁜데 웬일로 왔냐는 말만 반복했다. 그러고는 또 모르는 사람이 되었다. 어머니는 식사가 나오면 한 술 뜨다가 나를 쳐다보고는 "누구세요? 식사는 하셨어요?"라고 묻곤 했다. 자신을 찾아온 손님이라 생각하는 것이다. 기억은 사라졌어도 격식을 차리는 본능은 살아 있는 게 안쓰러웠다. 대부분의 치매 환자들이 그랬다. 이성은 실종되지 않고 기억은 실종되어버리는 것이다. 그것이 가장 큰 비극이었다. 자신이 누구인지 모르는데 이성이 살아 있다는 게 무슨 의미가 있겠는가. 내가 아는 어머니는 치매를 앓기 시작하면서 이미 이 세상에서 실종됐다.

그러나 알고 보면 내가 태어난 순간부터 부모는 실종된 것이나 다름없다. 사실 나는 아버지에 대해 잘 모른다. 어머니에 대해서도 크게 다르지 않다. 우리는 가장 가깝다는 가족이라는 구성원으로 한 지붕 밑에서 살았지만 나는 그들을 잘 모른다. 그들이 언제 어디서 태어났고 어디에 살았고 어느 학교를 나왔고 무슨 일을 했고 등등 남들도 알고 있는 사실을 알고 있을 뿐 그들의 깊은 내면은 모른다. 그들의 드러난 생활의 외피보다는 드러나지 않은 내면의 풍경이 진실된 모습일 텐데, 그 모습을 모르니 그들을 모르는 것이 맞다.

어쩌면 그들은 부부 사이에도 터놓기 힘든 위선과 거짓으로 한 평생을 살아왔는지도 모른다. 그들은 세상에 알리고 싶은 아름다운 이야기보다는 무덤 안에서도 꽁꽁 싸매고 싶은 어둠의 기억들을 더 많이 가지고 있을지도 모른다. 환생한 아버지에게 당신의 삶의 치욕과 질곡이었던 부분을 물을라치면, 아마도 아버지는 진실은 묻어두고 진실 주변의 몇 가지 사실만을 에둘러 말해줄 것이다. '그땐 그랬어'의 화법으로 많은 것을 넘길 것이다. 잘 살았건 못 살았건 부모는 자식들에게 영웅으로 기억되길 원한다. 결국, 우리는 모르는 사람을 부모로 두고 있다. 결국, 그들은 이미 오래전 실종된 잘 모르는 사람들이다.

실종되기로 작정은 했으나, 실종되려면 무엇을 해야 하는지 도무지 감이 안 잡혔다. 즉흥적으로 결정한 것이라 어디로 가야 할지 무엇을 해야 할지 판단이 서질 않았다. 실종된다는 것이 참으로 어려운 일이라는 것을 나는 깨달았다. 연쇄살인범이 사람을 죽이는 일이 굉장한 집중을 요구하는 아주 힘든 일이라 말했다는 기사를 어디선가 읽은 기억이 났다.

나는 호텔 주변을 몇 바퀴 돌다가 지나가던 행인에게 담배 한 개비를 빌려 피워 물었다. 담배를 끊은 지 거의 3년 만에 피워 보는 담배였다. 첫 모금에 머리가 핑 돌았다. 고3 겨울 대학입시를 눈앞에 두고 피웠던 첫 담배의 기억이 떠올랐다. 차가운 겨울 공기에 섞여 머릿속으로 스며들던 당시의 첫 담배향이 강렬하게 살아났다. 첫 경험은 쉽사리 잊혀지지 않는다. 서툴기에 강렬하다. 다시 한 번 서툰 짓을 해보고 싶다는 강렬한 욕망이 담배 필터 끝까지 타들어갔다.

담배를 바닥에 비벼 끌 무렵 운 좋게도 아프리카 마다가스카르에 갔던 기억이 떠올랐다. 2013년 6월이었다. NGO 단체와 현지 선교사가 팀을 이룬 우리 일행은 아침 일찍 채석장 마을에 가기 위해 거리에 나섰는데 사람들이 어딘가로 바쁘게 걸어가고 있었다. 저 많은 사람들이 무슨 일터가 있기에 저리 바삐 움직일까 싶어 동행한 선교사에게 물어보았다.

"저분들 아침부터 어딜 저리 급히 가나요?"

"아무 데도 가지 않아요. 어느 정도 걸어가다 다시 돌아옵니다."

그들은 특별히 갈 데가 없는 사람들이었다. 그저 하염없이 걷는 것이었다. 그러다 가던 길을 되돌아온다. 정해진 시간도 없다. 적당한 때 그냥 되돌아오는 것이다. 그들은 걷는 것 자체가 목적이었다. 어떤 곳에 어떤 목적으로 당도해야 한다는 의무감이 없었다. 어떤 곳에 가야 한다는 의무도, 언제쯤 돌아와야 한다는 약속도 없는 그들은 이미 이 땅에서 지워진 것이나 다름없었다. 지구라는 문명화된 혹성에서 존재하려면 갖가지 의무의 종속변수로 살아야 하기 때문이다.

나는 잘 먹고 잘 사는 게 목적이었기에 매일 어딘가로 부리나케 나갔었다. 사무실이 됐건, 미팅룸이 됐건, 출장지가 됐건, 어떤 특정 장소에 있다는 사실로 존재의 안도감을 느꼈다. 그러나 사실 그 모든 장소는 이 세상에서 임시로 빌린 것일 뿐이었다. 나의 존재가 '그곳에 기거했음'을 너무나 명징하게 인식시켜주는 곳은

'자궁womb'과 '무덤tomb'뿐이다. 존재가 생성되고 소멸되는 곳, 우리 모두는 둥근 자궁에서 나와 둥근 무덤으로 간다. 나는 영어 단어의 자궁womb과 무덤tomb의 유사성을 알았을 때 놀라운 발견을 한 것처럼 들떴었다. 그 둘 사이에서 우리가 거쳐가는 무수한 장소는 그저 그 어디일 뿐이다. 나는 아침에 일어나 어딘가로 바삐 나갔다 돌아오는 일을 반복했었다. 그 분주함 속에서 뭔가를 이뤄냈다고 믿었지만, 사실 마다가스카르의 바빠 보였던 그들처럼 그저 어딘가로 하염없이 갔다가 돌아오고 있을 뿐이었다.

마다가스카르의 주민들처럼 나는 어디론가 갔다가 돌아오기를 반복하기로 결정했다. 마치 그리스도인들이 예수의 뜻을 기리며 산티아고 순례자의 길을 걷듯이 나는 하염없음의 뜻을 기리며 상하이의 거리를 순례하기로 결정했다. 그 목적 없이 떠도는 것이 목적 있게 행동했던 표재일로부터 실종되는 것이라 생각했다. 어차피 살아 있는 것 자체가 실종인데…… 생각이 거기에 미치니 갑자기 자유로워졌다. 내가 이곳 상하이에 무슨 일을 합네 하고 찾아온 것은 결국 내 존재를 각인시키기 위한 것이었다. 사회적으로 인정받는 존재로서의 존재를.

나는 길을 건넌 후 될 수 있는 대로 멀리 호텔을 벗어난 쪽으로 걷기 시작했다. 가늘게 깎은 사과껍질 같은 그믐달이 하늘에 떠 있었다. 그마저도 구름에 가렸다 나타났다 했다. 실종되기 딱 좋은 밤이었다. 나의 실종 첫날은 그렇게 시작됐다.

사당동–암사동

영사관에서는 한국에 있는 표재일의 가족에게 연락을 취하려고 했다. 그러나 한국에는 그의 변변한 가족이 없었다. 그의 아버지는 일찍 돌아가셨고 어머니는 치매로 요양병원에 장기 입원 중이어서 아들의 신변을 물어보는 것이 의미가 없었다. 표재일은 결혼도 안 한 데다가 유일한 혈족이라곤 세 살 위 누나 한 사람밖에 없었다. 표선희 씨는 자기 동생이 상하이로 출장 간 사실조차 모르고 있었다. 왕래가 별로 없는 남매지간이었다. 그녀가 살고 있는 사당동에서 표재일이 살고 있는 암사동까지의 거리는 그들의 마음의 거리만큼이나 멀었다. 세무법인에서 일하면서 두 남매를 키우는 그녀는 사실 자신의 생활을 꾸려가기에도 벅찼다. 암튼 표재일이 타지에서 실종됐다는 사실은 표선희 씨에게 음모론처럼 느껴졌다. 그녀가 느끼는 이 세상은 하루도 빠짐없이 음모가 생산되는 거대한 세트였다. 그녀의 직장에서도 소셜미디어에 무슨 기사가 뜨면 "그거 실화야?"라고 먼저 묻는 것이 일상사가 되어버렸다.

"여행 갔다가 그렇게 실종되는 사람들이 많은가요……?"

영사관 직원과 통화를 하게 된 표선희 씨가 물었다.

"제법 됩니다. 여행비자로 왔다가 그냥 눌러앉는 사람들이 많습니다. 한마디로 숨어 사는 거지요. 빚지고 도망 온 사람, 실직이 길어져 이판사판 한국을 떠나온 사람 등등 사연은 뭐 다양합니다만. 이들이 중국 오지나 소수민족들이 사는 지역으로 들어가 잠적해버리면 참으로 찾기가 어렵습니다."

"제 동생은 그런 일을 저지를 사람이 절대 아닌데요……"

"그러게요. 저희도 신분 조사를 해보니 사실 잠적할 아무런 동기가 없습니다. 이런 말씀드려도 될지 모르겠으나 동기가 없다는 건 불미스러운 일을 당했을 경우가 높다는 것이지요…… 꼭 그런 건 아니니 참고만 하세요. 혹시라도 동생과 연락이 되면 이 번호로 바로 연락주시기 바랍니다."

"네, 그러지요. 감사합니다. 꼭 좀 찾아주세요. 제가 필요하다면 그리로 가겠습니다."

"아뇨, 오실 필요는 없고요. 상황이 진전되는 것을 좀 더 지켜보도록 하지요……"

연이은 한인 납치 사건으로 한국인 행방불명의 나라로 알려진 필리핀도 아니고, 중국에서도 가장 먼저 개방된 글로벌 도시 상하이에서 자기 동생이 실종됐다는 사실이 표선희 씨는 믿기지 않았다. 게다가 동생 표재일은 남의 눈에 띄긴 했어도 적어도 남을 해코지하거나 남과 원수진 일도 없는, 그런 면에선 무결점의 남자였다. 창의적인 일을 하는 사람들이 그렇듯 순수했다. 어떤 정치적 의도나 종교적 의도를 가지고 상하이에 간 것도 아니었다. 그 어떤 상수와 변수를 고려해보아도 표재일이 납치되거나 실종될 정황이 전혀 없었다. 마음씨 착한 인물의 대명사 흥부가 납치된 것이나 다름없었다. 흥부의 실종을 누가 믿겠는가. 표선희 씨는 어찌할 바를 몰랐다. 어찌할 바를 모르기는 영사관 직원이나 현지 경찰도 마찬가지였다. 저스틴의 결정에 따라 상하이 경찰은 공개 수사를 하기로 하고 표재일의 사진을 배포했다. 할 수 있는 수단은 다 써보는 것 외에 달리 방법이 없었다. 상하이에서 흥부 구하기 프로젝트는 그렇게 진행되고 있었다.

황푸강 번드

나는 실종되어야 했기에 모든 상황을 실종에 맞게 시뮬레이션했다. 우선 핸드폰의 전원을 꺼서 통신을 두절시켰다. 네이버, 페이스북, 인스타그램 등 편리하지만 쓰잘머리 없는, 재미있지만 시간 낭비인 미디어의 계정을 삭제했다. 실종 신고가 들어갔다면 경찰이 자신을 찾으러 다닐 것이기에 가능하면 어두울 때 이동을 하고 모자를 쓰고 다니기로 했다. 나를 실종시킨 내가 시키는 명령이었다. 생각이 여기까지 미치다 보니 나는 마치 나쁜 일을 저지르고 도망 다니는 도피자 같다는 생각이 들었다. 그리고 점점 더 제대로 실종되어보자는 오기까지 생겼다. 그러나 알고 보면 실종자가 되기 위해 특별히 할 일이 있는 건 아니었다. 나를 아는 세상으로 나가지 않으면 되는 것이었다. 나를 모르는 세상 어딘가에 내가 있다는 것은 나는 어디에도 있지 않다는 말도 되었다. 그 묘한 익명성이 나를 흥분시켰다.

그리하여 나는 상하이 시를 사방팔방으로, 그러나 친구들이 자주 출몰하는 곳은 피해 돌아다녔다. 광고가 덕지덕지 붙어 있는 곳을 지날 때면 나는 '사람을 찾습니다'라는 문구 아래 내 얼굴 사진이 떡하니 박힌 전단지가 붙어 있는 우스운 상상을 하곤 했다. 첨단 수사의 시대에도 여전히 전단지가 등장하는 것은 제보가 들어오리라는 기대감 때문이기도 하겠지만 어떻게든 찾아내겠다는 의지를 표현하고자 함이다. 그러한 의지의 표상으로서 전단지는 마치 휘날리는 깃발처럼 거리 곳곳에서 날리고 있다. 몇 년이 지나도 그 자리에서 펄럭이고 있다. 결국 전단지는 뇌사자의 생명유지 장치 같은 것이다. 어떻게든 살려내겠다는 의지와 어떻게든 찾아내겠다는 의지는 지독하게 닮았다.

상하이는 생각보다 꽤 넓었다. 인구 2500만 명의 도시답게 광활했다. 베이징과 상하이의 인구만 합해도 남한 인구가 된다는 얘기를 들은 기억이 났다. 걷는 게 지치면 천지에 널려 있는 자전거를 탔다. 이곳의 씨티 바이크는 참으로 편리했다. 타고 가다 목적지에 도착하면 그곳에 내버려두면 됐다. 특정 지역에 파킹할 필요가 없었다. 마치 실종된 내 모습 같았다. 그 어딘가에 나를 버려두면 되는 것이었다. 밤이 되면 눈에 띄는 가장 가까운 숙소에 들어가 하룻밤을 넘겼다.

실종된 지 5일째 되는 날 나는 황푸강 남쪽에 위치한 롱 뮤지엄에서 시작해 황푸강 서쪽 번드 지역을 끼고 남쪽에서 북쪽으로 올라가고 있었다. 강변에는 나처럼 할 일 없어 보이는 사람들이 무수히 몰려나와 산책을 하고 있었다. 푸동 지역의 명물인 동방명주가 눈에 들어오는 지점쯤에서 누군가 내게 다가와 알은척하며 반갑게 인사를 했다.

"표재일 선생님이시죠?"

"네, 맞습니다. 그런데 어디서 뵈었었죠……?"

"선생님은 절 모르실 거예요. 제가 선생님 강연을 들은 적이 있거든요. 강연 후 선생님 팬이 됐어요. 선생님 쓰신 책도 다 읽었구요."

"어이쿠, 그러셨군요……"

"멀리서 선생님인 거 같아 가까이 와서 확인하고는 용기 내어 이렇게 인사드리네요. 그런데 상하이엔 무슨 일 때문에 오셨어요? 그냥 관광차 오신 거예요?"

"아, 네, 사실은 실종 중입니다……"

"네?"

"제가 저 스스로를 실종시켜서 지금 5일째 실종 중인 거예요."

"네? 아, 네, ㅎㅎ. 선생님 유머감각도 있으시네요."

"그죠? 제가 여기 있지만 사실 없는 것이기도 하죠……"

"아, 그런 건가요……? 암튼 반가웠어요. 남은 시간 좋은 여행 되시구요."

"네. 저도 반가웠어요."

그 여성은 유머감각 운운하며 얼버무리려 했지만 당황한 표정이 역력했다. 나는 사실을 얘기했지만 그녀에겐 미친놈 잠꼬대로 들렸을 것이다. 내가 사실을 말하는 순간 그 사실 역시 허공에서 실종된 것이다. 그녀는 갑자기 생판 모르는 미친놈과 재수 없게 마주친 것처럼 재빨리 자리를 피하듯 멀어져 갔다. 사실 나는 생판 모르는 재수 없는 미친놈은 아니었다. 제법 명망 있는 컨설턴트였고, 책 쓰고 강연하는 일로 팬들도 많았다. 그런 내가 왜 이렇게 바뀌었는지 나 자신도 명백히 설명할 수가 없었다. 사람들은 무슨 계기가 있어야 사람이 바뀐다고 말한다. 주로 극적인 계기다. 거의 죽음의 문턱까지 갔다 왔다든지, 이혼, 실업, 파산 등의 극심한 역경을 겪었을 때 등등. 그러나 나는 그런 역경에 거대 이성이 반응하여 개과천선하듯 사람이 바뀌지는 않는다고 생각한다. 사람만큼 우발적이고 즉흥적인 동물이 또 있을까. 거슬러 올라가면 인간은 모두 우연의 산물이다. 남녀의 성적 호르몬이 극에 달해 서로를 탐닉하다 생긴 부산물이다. 아이를 만들겠단 일념으로 정한수 떠놓고 빌다 온몸을 정갈히 마무리하고 합방하는 남녀가 도대체 얼마나 될까. 내게 실종은 나의 우연한 탄생처럼 우연히 찾아온 손님이다. "왜 실종을 결심하게 되셨어요?"라고 묻는다면 나는 다음과 같이 답할 것이다.

"제가 한 여자의 몸에서 분리되어 나오는 순간 저는 이미 실종된 것이었지요."

대한민국 영사관

저스틴은 한국인들이 많이 모여 사는 홍췐루 지역을 중심으로 탐문 수사를 벌이다가 표재일의 실종을 미궁에 빠진 사건으로 잠정적으로 덮기로 결정했다. 어느 누구도 표재일을 봤다는 사람이 없었다. 한국 사람들은 모두 본토에서 벌어지고 있는 국정농단 사건을 입에 달고 있었다. 백년에 한 번 나올까 말까 한 사건이라며 수군댔다. 홍췐루에 산다는 재일의 오랜 친구에게도 연락이 닿았지만 표재일이 상하이에서 한 번도 연락한 적이 없다 했다. 저스틴은 목격자가 나타날 때까지 또는 제보가 들어올 때까지 수동적으로 기다리는 방향으로 선회했다. 영사관에서도 별 반대를 할 수 없었다. 지금까지 경험했던 실종 사건 중에서도 가장 방향을 잡기 어려운, 실종 같지 않은 실종 사건이었기 때문이다. 영사관에서는 표재일이 이미 상하이를 떠나 중국 내륙 어디론가 잠적했을 가능성에 무게를 두었다. 실제로 그렇다면 표재일을 찾는 것은 불가능했다. 15억 인구에서 사람 하나를 찾는 것은 사막에서 바늘 찾는 것에 진배없었다.

한 여성이 황푸강변 번드 지역에서 표재일과 마주쳤다고 영사관에 제보해온 것은 그가 실종된 지 7일째 되는 날이었다. 그녀는 영사관에서 여행객에게 일괄적으로 전송한 문자 메시지를 보고 표재일 사건에 대해 알게 되었다. 그녀는 관광차 상하이에 왔다가 표재일을 우연히 발견하고 반가운 마음에 인사를 했는데, 그가 자신은 실종 중이라며 횡설수설하기에 그 자리를 피했다는 말을 전했다. 영사관에서는 표재일이 별 탈 없이 상하이에 머물고 있다는 사실을 확인하게 된 것이었지만, 목격자의 진술로 미루어볼 때 갑자기 머리가 돌아버렸거나 돌아버린 행세를 하는 놈을 지금까지 애타게 찾은 거 아닌가라는 생각에 표재일이 괘씸해지기 시작했다. "이 자식이 일부러 잠적하고 우리랑 숨바꼭질하잔 거야, 뭐야!" 영사관 담당 직원이 중얼거리며 책상 위에 표재일의 서류를 내던졌다.

자기 과시욕이 많은 사람이 일탈된 행동으로 그 과시욕을 드러낸 것이라는 심리수사팀의 분석이 뒤따랐다. 상처받기 쉬운 사람일수록 그런 일탈된 행동이 과도하게 드러난다는 말도 덧붙여졌다. "이런 제길, 상처받기 쉬운 사람은 온갖 일탈된 행동엔 다 들어맞네. 나도 저런 얘기는 할 수 있겠다. 도대체 상처 안 받는 사람이 어디 있느냐고. 아, 그러니까 그 상처투성이인 표재일이 어디 있느냐고. 이거 뭐 점쟁이라도 찾아가야 하는 거야?" 예의 그 담당 직원의 말에는 짜증이 잔뜩 묻어 있었다. 조직 폭력배에게 납치당한 것이라면 그나마 행방을 추적하기가 쉽다. 그러나 표재일처럼 은둔자인 양 숨어버린다면 찾을 방도가 마땅치 않게 된다. 표재일의 경우 납치한 자와 당한 자가 동일하기 때문이다.

브로드웨이 맨션 Broadway Mansions

번드 지역에서 한 여성과 마주쳤던 실종 5일째 되던 날 밤 아홉 시 무렵 나는 인근 와이탄 지역에 위치한 브로드웨이 맨션 호텔에서 묵기로 했다. 길을 걷다 발견한 우연한 선택이었다. 알고 보니 그곳은 80년이 넘는, 상하이에서 가장 오랜 역사를 가진 호텔이었다. 아르데코풍의 옐로우 브릭으로 지어진 건물 외관이 눈에 들어왔다. 런던에서 흔히 볼 수 있는 건물 색깔이었다. 한눈에도 영국식 건물임을 알아차릴 수 있었다. 라이브 연주를 하는 1층 바에서 한잔 즐기고 싶었으나 이미 그날의 연주는 끝난 후였다. 방으로 올라온 나는 미리 사놓은 코폴라 와인을 탁자 위에 꺼내놓고 치즈를 비롯 몇 가지 안주거리를 그 옆에 두었다. 눈에 띌 때마다 비상식량을 확보해놓는 것이 버릇이 됐다. 코르크를 뽑고 와인을 잔에 따른 후 나는 무려 5일째 실종에 성공한 표재일을 위해 건배했다.

TV 리모콘을 찾느라 침대 옆 탁자의 서랍을 열었더니 성경이 들어 있었다. 늘 궁금했다. 왜 호텔방마다 성경이 있을까. 초베스트셀러이긴 하지만, 호텔방에 있는 성경책을 꺼내 읽었다는 사람을 본 적은 없다. 방 안에 들어앉은 나 자신이 서랍 속에 들어 있는 성경책 같았다. 에드워드 호퍼의 그림처럼 갑자기 쓸쓸해졌다. 나는 그림을 보고 펑펑 우는 사람이 있다면 호퍼의 그림 앞에서일 것이라 생각한 적이 있었다.

하릴없이 TV를 켰다. 도널드 트럼프의 45대 미합중국 대통령 당선에 대한 보도로 온통 떠들썩했다. 공화당 대통령 후보 역사상 가장 많은 득표로 당선됐다는 소식이 BREAKING NEWS라 적힌 큼직한 자막에 실려 화면 하단에 계속 흘렀다. 믿기지 않았다. 마치 나의 실종을 특종으로 보도하는 것만큼 믿기지 않았다. 이 세상의 상식이 실종된 날이었다.

와인 두 잔에 취기가 오르기 시작했다. 하루하루 실종의 날이 늘어날수록 점점 더 나 자신이 현실 속에 있는 가상의 존재인 것처럼 느껴지기 시작했다. 영화 속 주인공이 된 나를 모니터 밖에 있는 내가 지켜보는 느낌이었다. 겨우 두 잔의 취기를 이기지 못하고 뭔지 모를 불편한 마음도 털어내지 못한 채 나는 잠 속으로 빠져들었다.

새벽녘 무엇인가가 나를 억세게 누르는 느낌에 눈을 떴다. 그러나 사실 눈을 뜬 것인지 감은 것인지 분간이 되지 않았다. 고개를 돌려 보니 옆쪽의 트윈 베드에 빨간 스웨이드 모자를 쓰고 무릎까지 올라오는 하얀 스타킹을 신은 꼬마 여자아이가 앉아 있었다. 예닐곱 살쯤 되어 보이는 그 아이는 양 갈래로 머리를 땋은 인형을 만지작거리며 나를 쳐다보았다. 심장이 멎는다는 표현 정도로는 그 순간을 감당할 수 없었다. 나는 제대로 가위에 눌렸다. 두손 두 발이 묶인 것처럼 한참을 꼼짝도 못하고 고통을 받다가 겨우 몸을 일으켰다. 온몸에 식은땀이 흥건했다. 다시 잠을 청하긴 이미 그른 상태였다. 너무나 선명한 이미지였다. 꼬마 여자아이의 모습은 뱃머리에 박혀 있는 녹슨 나사못처럼 머릿속에 박혀 빠져나가질 않았다. 마치 내가 그 아이를 데리고 들어와 한 방에 묵었다는 느낌이 들 정도였다. 그 아이는 무슨 원한 때문에 저세상에 잠들지 못하고 이 세상에 내려와 함께 놀아주기를 원한 걸까. 그 아이 역시 실종자였다. 죽은 실종자가 살아 있는 실종자를 찾아온 것이다. 사실 따져보면 이승이 저승과 다를 게 뭐가 있겠는가. 이미 이승에서 저승 같은 삶을 살고 있는데……

빨리 아침이 밝길 기다리던 나는 새벽 동이 틀 무렵 체크아웃을 했다. 호텔비를 지불한 후 데스크 직원에게 밤에서 새벽에 걸쳐 겪은 끔찍한 상황을 얘기했더니, 그녀는 이상한 웃음을 흘리며 마치 내게만 비밀을 알려준다는 듯 입을 열었다.

"오래전 이 일대에서 중국 마피아들이 자주 충돌했는데, 그 때문에 많은 사람들이 죽었다 해요."

내가 이곳에 다시 올 사람처럼 보이지 않았는지 그녀는 여기가 원래 귀신이 출몰하는 호텔로 유명하다는, 해서는 안 될 말까지 덧붙였다. 나는 돈 주고 귀신 체험을 하기 위해 그 호텔을 찾은 꼴이 되어버렸다. 한마디로 그곳은 죽은 실종자들의 동아리방이었던 셈이다. 살아 있는 실종자를 맞아주는 환대의 밤치고는 끔찍했다. 암튼 그날 밤은 귀신과 함께하는 실종자의 밤 모임이 되어버렸다. 나는 뒤도 안 돌아보고 재빨리 호텔을 벗어났다. 안전하게 실종 6일째 날을 맞이해야 했다. 적어도 그곳의 귀신들이 나를 목격했다는 신고할 리는 만무했다.

북위 31도 14분, 동경 121도 29분

표재일의 실종 8일째 되는 날 오후, 잔뜩 흐려 있던 하늘이 비를 뿌리기 시작했다. 저스틴은 혹시나 해서 이른 저녁 재즈바 헤이데이를 찾았다. 표재일이 머물렀던 곳이니 어떤 흔적이라도 찾을 수 있을까 해서였다. 계시록 같은 지난밤 꿈 때문이기도 했다. 참 이상한 꿈이었다. 그는 연쇄살인범을 쫓고 있었는데 늘 간발의 차이로 놓쳤다. 이번엔 확실한 제보를 입수해 그 살인범이 있는 장소로 들이닥쳤고 예상대로 그와 맞닥뜨렸다. 그런데 그 살인범이 기분 나쁜 웃음이 섞인 목소리로 "잘 찾아왔군. 제 발로 걸어 들어오다니! 이번에 죽일 놈은 바로 너야!"라고 외치며 저스틴에게 총구를 겨누는 것이었다. 저스틴은 영화에서 본 것도 같고 책에서 읽은 것 같기도 한, 이것저것이 짬뽕되어 나타난 데자뷔 같은 꿈에서 그날 하루 헤어나지 못하고 있었다.

바에 거의 도착했을 무렵 설렁설렁 내리던 비가 갑자기 세차게 쏟아져 저스틴은 온몸이 흠뻑 젖었다. 그는 황급히 문을 열고 바 안으로 들어갔다. 표재일이 소파 깊숙이 앉아 시가를 피우며 그를 기다리고 있을 것 같았다. 마치 꿈속의 상황처럼. 아직 오픈할 시간이 아니어서 실내는 텅 비어 있었고, 손님을 맞을 준비가 한창이었다.

"바 오픈은 8시부터입니다."

"알고 있습니다. 전 실종 사건을 담당하고 있는 형사인데요, 몇 가지 묻고 싶은 게 있어 왔습니다."

와인잔을 닦고 있던 여자 종업원은 형사라는 말에 몸을 돌려 그를 똑바로 쳐다보았다. 저스틴은 신분증을 꺼내 보여주었다. 그제야 그녀는 앉으라는 시늉을 하며 의자를 내어주었다.

"11월 3일 밤 여기 찾아온 손님 중에 표재일이라는 한국사람이 있었는데, 혹시 기억이 나시나요? 이런 사람입니다."

저스틴은 표재일의 사진을 보여주며 물었다.

"글쎄요. 여긴 하도 많은 사람들이 드나들어서……"

"여기서 노래하는 재클린과도 아는 사이라던데……"

"그럼 좀 기다려보세요. 지금 7시니까, 한 30분쯤 있으면 재클린이 도착할 거예요."

저스틴은 규정된 근무 시간은 지난 터라 위스키를 한잔해도 될 것 같았다. 그는 발베니 온더락 한 잔 가능하겠느냐고 물었고, 잠시 후 종업원은 그 앞에 발베니를 건네주었다. 마른 수건도 한 장 건네주었다.

7시 35분쯤 재클린이 나타났다. 저스틴은 그녀에게 다가가 헤이데이를 찾은 이유를 설명했다.

"저 역시 얘길 들어 알고 있었고 많이 걱정했어요. 그날 아무 일 없었고 웃고 떠드는 분위기에서 모두들 흥에 겨웠죠. 뭐 수사에 진척이라도 있나요?"

"사실 수사는 거의 포기한 상태입니다. 표재일을 찾는 데 더 이상 투여할 시간도 없는 데다가 잡아야 할 잡범들이 너무 많아요."

"실종된 것이 맞기는 한 건가요? 연락 없이 나타나지 않는다 해서 실종이라고 할 수는 없는 거잖아요."

"이곳에 사는 사람이 아니라 방문한 것이라면 실종의 가능성이 높지요. 실종되기 위해 방문하는 사람은 없으니까요. 그런데 표재일은 마치 실종되기 위해 이곳에 온 것 같은 느낌이……"

저스틴의 입가에 묘한 웃음이 잠시 번졌다.

"실종되기 위해 상하이를 찾아왔다? 흠…… 스티븐 킹의 소설을 읽는 기분인데요?"

"네. 표재일의 케이스는 제겐 좀 색다르네요. 그는 실종을 진정한 실존이라 생각하는 것 같아요……"

"점점 무슨 말인지……"

재클린이 골치가 아프다는 듯 가운데 손가락으로 관자놀이를 눌렀다.

"암튼 그의 실종이 제게도 감염이 되는군요. 뭐랄까, 지금까지 실종자를 찾아내는 임무를 여러 번 수행했지만, 그건 그냥 형사가 해야 하는 일로서의 책임 완수였어요. 제게 실종은 대단히 현실적인 문제였죠. 특히 잠적하는 자들은 하자가 있는 자들이고 그래서 하자 보수가 필요하다는 게 제 생각이었거든요. 그런데 표재일의 궤적을 좇으면서 실종이란 존재한다는 것의 본질적인, 그러니까 뭐랄까…… 철학적인 문제가 될 수도 있다는 걸 처음 느꼈어요."

저스틴이 적절한 단어를 고르기 힘들어하는 모습이 역력했다.

"철학적인……?"

"이를테면 실종자에게 존재가 지워진다는 것이 어떤 느낌일까, 라는 궁금증이 생기더군요. 제대로 된 비유인지는 모르겠지만, 살기 위해 아침을 먹었는데 정오에 교수형을 당하는 사형수의 느낌이랄까요? 어쨌든 다분히 감상적인 생각이 드네요. 암튼 꼭 한 번 그를 만나보고 싶어졌어요. 여길 오면 왠지 표재일과 마주칠 것 같은 느낌이 들더군요."

실제로 저스틴은 지금까지 다뤄왔던 실종과는 아주 결이 다른 실종을 마주한 처지였다. 그에게 실종이란 반드시 이유가 있는 사건이었다. 이유 없는 무덤이 없듯이. 그러나 표재일에게는 뚜렷한 이유가 없어 보였다. 그렇다면 그의 자발적 증발을 어떻게 해석해야 하는 것일까? 그의 메모에 남겨진 것처럼 실존과 실종은 원을 그리며 무한 반복하는 것인가? 그럼 그의 실종 역시 실존의 한 형태란 것인가? 그렇다면 기를 쓰고 그를 찾을 이유가 없지 않을까? 이 역시 그의 사는 방법 중 하나일 텐데.

"그나저나 저스틴 형사님, 조금 있으면 공연이 시작될 텐데 이왕 오신 거 좀 즐기다 가세요."

재클린이 실종의 개미지옥에서 벗어나기 위해 주제를 돌렸다.

"그래도 될까요? 그럼 앞부분에 잠깐만 있다가 가지요."

8시 조금 넘어 세 사람이 무대에 섰고, 팻 메스니Pat Metheny의 〈아 유 고잉 위드 미?Are you going with me?〉 연주로 공연이 시작됐다.

실종 8일째 되는 날 밤 9시 가까이 되어 나는 타이안 로드에 있는 재즈바 헤이데이를 다시 찾아갔다. 찾아갔다기보다는 내 두 발이 자동적으로 그리로 옮겨졌다. 끌림이었고 필연이었다. 손잡이를 잡고 문을 열려는데 손에 뭔가 허전함이 느껴졌다. 손가락을 더듬어봤더니 오른쪽 네 번째 손가락에 끼고 있던 묵주반지가 없어졌다. 20년 동안 꼼짝 않고 끼워져 있던 반지였다. 손가락이 가늘어져 반지가 헐거워진 느낌은 있었는데 어디에선가 내게서 분리된 것이다. 손가락 마디에는 반지가 끼워져 있었음을 알리는 하얀 띠의 흔적만 남아 있었다.

나는 오늘을 마지막으로 상하이를 벗어나고 싶었다. 그것은 물리적으로 벗어나는 것일 수도 있었고, 물리적 위치의 의미를 상실한 내 머릿속에서 상하이라는 존재를 지워버리는 것일 수도 있었다. 내가 어디에 있건 이젠 아무개가 아무 곳에 있을 뿐인 것이다.

여느 때처럼 재클린이 메인 보컬이었다. 그녀의 목소리는 노래를 움켜쥐었다 놓아주고를 반복했다. 그녀 옆에는 지구라는 혹성의 어딘가에서 왔을 아무개 둘이 각각 기타와 색소폰을 연주하고 있었다. 날개 세 개 달린 팬이 천장에서 게으르게 돌고 있었고, 노래도 연주도 한껏 게으르게 자기 몫을 해내고 있었다. 한 시간 가까운 공연을 마치고 쉬는 시간이 됐을 때 나는 재클린에게 다가갔다.

"재일, 어찌 된 거야? 아서랑 톰이랑 조반니가 너 없어졌다고 난릴 치던데…… 그리고 너 오기 전에 형사가 너 찾으러 왔었어. 좀 아까 나갔는데 마주치지 않았어?"

"형사가? 글쎄, 들어오는데 웬 남자랑 스치기는 했지. 가죽점퍼 입은 남자 맞아?"

"응, 맞아. 중키에 다부진 체격……"

"날 한 번 힐끔 보더니 그냥 가던데……?"

그 남자가 나를 힐끔 쳐다볼 때 나의 모습을 눈에 담으려는 순간 포착의 낌새가 있긴 했었다. 잠시 말을 걸려는 듯한 머뭇거림이 느껴졌지만 이내 그는 등을 보이며 어둠 속으로 사라졌다.

"그래? 그 형사 매의 눈이던데…… 널 찾으러 왔다면서 왜 널 그냥 보냈을까? 흠…… 아마도 네게 감염되어서……?"

"나에게 감염됐다고?"

"응, 그가 그렇게 말했거든."

나를 스쳐 지나던 그 형사의 이상한 머뭇거림이 다시 떠올랐다. 그가 그냥 가버릴 거라는 느낌을 주는 머뭇거림이었다.

"암튼 모두들 너와 연락도 안 된다 해서 얼마나 걱정했는데…… 도대체 무슨 일이 있었어? 실종된 거 맞아?"

"응, 실종됐었어."

"엥? 정말? 납치됐던 거야? 어쩌다가? 어디서? 어떻게 도망쳐 나왔어?"

"내가 실종시켰고, 그래서 나한테서 도망쳐 나왔어……"

"그건 또 뭔 소리야? 술 많이 마셨어?"

"아니, 겨우 위스키 두 잔. 시동도 걸지 않았는데……"

"조반니는 오늘 촬영 때문에 프라하로 떠났어. 아서나 톰에게 연락할까? 영사관에도 연락해야 하지 않아?"

"조반니도 실종됐군. 하하하…… 누구에게도 연락할 필요 없어. 그리고 실종된 사람이 한둘이 아닐 텐데 영사관에 나까지 폐를 끼쳐서야 되겠어? 대신 부탁 하나 들어줄래?"

"뭔데?"

"나한텐 지금 〈프레자일〉이라는 노래가 필요해…… 너의 울림통을 타고 나오는 그 노래를 듣는다면 난 오늘 여기서 죽어도 좋을 거 같아. 오늘 여기가 나의 무덤이 되는 거지. 완전히 실종되는 거야."

"점점 알 수 없는 소릴 지껄이는군. 저스틴도 횡설수설하다 갔는데, 이제 너까지…… 오늘 이 집에서 유령들이 단합대회라도 하는 모양이다."

"유령도 사실 실종된 무리들이거든……!"

"아이고, 그만 됐고…… 저기 두 친구 로베르와 필립에게 연주 가능한지 물어볼게. 아마 가능할 거야."

"그래, 고마워. 그리고 내가 깨지기 쉬운 남자라는 것만 기억해 줘. 매일 실종됐다 가까스로 도망쳐 나오는……"

"뭔 소릴 지껄이는지 모르겠으니 '엿이나 먹고 꺼져!'라는 말도 못하겠다. 암튼 네 말대로라면 더 이상 실종되지 않길 바랄게!"

재클린이 도무지 알 수 없다는 표정으로 나를 몇 초간 응시했다.

'보이는 게 전부는 아니거든……' 나는 들리지 않게 재클린에게 속삭였다.

그녀는 무대로 향했고 나는 구석자리에 구겨지듯 앉아서 재클린의 목소리를 기다렸다.

별이 흘리는 눈물처럼
비는 계속 내릴 것이고
그 비는 계속 말하겠지
우리가 얼마나 깨지기 쉬운 존재인지를
하우 프레자일 위이 아,
하우 프레자일 위이 아,
하우 프레자일 위이 아~~~

재클린의 허스키한 목소리가 자궁 같은, 무덤 같은 헤이데이 실내의 동그란 공간을 타고 흘러내렸다. 나는 이곳에서 나와 한참을 헤매다, 돌고 돌다, 결국 여기에 다시 오게 됐다. 이곳은 북위 31도 14분, 동경 121도 29분. 정확한 지표지만 누구도 이 정보로는 그 위치를 찾지 못한다. 나는 북위와 동경으로 정의 내려진 인간이었다. 존재하지만 실종된 인간이었다. 내가 알지 못했던 내 존재의 생성과 내가 알지 못할 내 존재의 소멸 사이에 내가 알 수 있는 건 그 길고 지루한 실종뿐이었다.

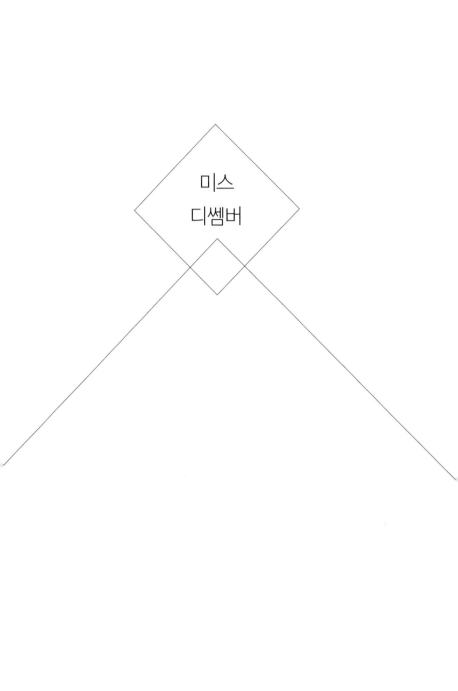

미스
디쎔버

인생은 잘못된 만남이라며……

상수동의 집에서 나와 차를 몰고 서강대교에 진입했는데, 라디오에서 느닷없이 〈잘못된 만남〉이 흘러나왔다. 김건모가 웬일로? 다시 활동을 하려는 건가? '미운우리새끼' 출연 덕분인가? 암튼 〈잘못된 만남〉은 나의 이십대를 흥얼거리게 했던 노래였기에 나도 모르게 따라 불렀다. 여의도로 진입해 목적지인 IFC몰로 가려고 우회전을 하려는데, 갑자기 그 노래의 가사가 와 박혔다.

너와 내 친구는 어느새 다정한 연인이 돼 있었지.
있을 수 없는 일이라며 난 울었어.

내 사랑과 우정을 모두 버려야 했기에.

'으아아~ 사랑에 배신당하고 우정에 배신당하고 그 모두를 한 번에 버려야 하는 이렇게 아프고 슬픈 노래를 어쩌면 저렇게 신나게 부를 수 있는 거지? 난 속은 거야. 그냥 신나는 노랜 줄 알았어!' 순간 지금까지 멜로디와 리듬에 사로잡혀 가사 내용을 음미하지 못했던 나 자신이 이상하게 느껴졌다. 한두 번 들은 곡도 아닌데. 가사는 그냥 운율을 따라가기 위한 웅얼거림에 지나지 않았던 것이다. 그때 문득 가사가 들리기 시작하는 것이 철드는 신호라는 생각이 들었다. 가사의 의미가 마음에 와 박힌다는 건 인생을 그만큼 알게 됐다는 것이니까.

차를 세우고 IFC몰과 붙어 있는 콘래드 호텔 커피숍 10G로 향했다. 5년간 주재원 생활을 마치고 귀국한 지애를 만나기 위해서였다. 그녀는 한 번도 결혼이라는 걸 해본 적이 없는 싱글이었고, 잘나가는 커리어 우먼이었고, 게다가 예쁘고 가늘었다. 끌리지 않을 수 없는 여자였다.

"잘 지냈어? 싱가포르 생활은 어땠어?"

"아기자기했지만 별로 재밌진 않았어. 싱가포르 말이야, 나라 전체가 인공적인 세트장 같아. 디즈니랜드처럼. 그래서 오래 살면 질리고 답답하지. 한마디로 일 년 살기에 딱 적당한 도시 국가."

"그래, 맞아. 나도 싱가포르에는 이런저런 이유로 네댓 번 간 게 전부지만 너랑 똑같은 느낌을 받았지. 내 몸에 잘 맞는 도시는 아니더라. 복귀한 소감이 어때?"

"그냥 이사 온 거지 뭐. 또 어디론가 이사 갈지도 모르고. 이젠 내가 여기서 태어났다고 여기 사람이고 뭐 그런 거 없어."

외국계 컨설팅 회사에 다니는 그녀는 출장이 잦았다. 나만큼 돌아다닌 여자다. 나 역시 해외로 쏘다니다 집에 돌아왔을 때, 드디어 귀향했네, 라는 안도감과 편안함이 몰려오는 것을 느껴본 지 꽤 되었다. 거의 유목민이 된 것이다.

"그런데 김반, 갑자기 마케팅 컨설팅은 왜 때려치운 거야? 잘나가다가……"

"실은 사표 썼어. 내 회사 차리려고. 맘 맞는 후배랑. 거의 다 준비됐는데…… 아, 그런데 이 녀석이 갑자기 상해에 일이 있어 잠깐 갔다 온다는 거야. 그런데 거기서 실종이 됐어. 참, 알다가도 모를 일이지."

"실종? 누군데……?"

"표재일이라고. 넌 잘 몰라. 우리 학교 심리학과 나온 후밴데……"

"말로만 듣던 실종 사건이 네 주변에 있었네…… 그 후로는 연락 없었어?"

"뭐 호치민에서 봤다는 사람도 있긴 해. 똑똑하고 조용한 녀석이었는데 뭔가 미스터리한 구석이 있었지. 대개 모범생들은 예측이 되잖아. 근데 이 녀석은 간혹 가다 툭툭 던지는 말이나 행동이 4차원이었어. 상하이에서 보내온 마지막 문자에도 갑자기 증발해 미안하다면서 이제 자기는 아무 데도 없는 거라고 횡설수설하더라구. 암튼 한국에선 지워졌어. 참 이상한 일이다 싶었지. 한순간에 존재가 지워진 거니까…… 그런데 갑자기 그게 무슨 계시처럼 느껴지는 거야. 늘 쓰고 싶었던 그 지겨운 인생에 대한 대서사, 달리 말하면 인생에 대한 완벽한 구라, 소설을 쓰겠다고 출사표를 던졌지. 더 늦기 전에. 회사에 사표를 던지고 세상에 출사표를 던진 셈이지."

"억지로 라임 맞추려고 애쓰지 마…… 혀 꼬일라 ㅋㅋㅋ. 암튼 멋진 남자야, 넌. 첫 소설이 대박 나서 다행이다!"

"나이는 좀 무거워도, 그 무거운 만큼의 경험이 있잖아…… 그게 먹힌 거 같아. 요즘 젊은 애들이 쓰는 암호놀이 같은 트렌드와는 다른 인생잡썰을 늘어놓은 거니까……"

"네 소설 제목 '못생겨서 죄송합니다', 웃겨 죽는 줄 알았다. 읽어보니 내용은 잘생겼던데!"

"벌써 읽었어?"

"김반, 내가 한국 오자마자 처음 한 일이 뭔지 알아? 교보문고로 달려가서 네 소설 산 거야. 30년 다 된 친구면 그 정도의 우정의 세리머니는 해야 하지 않겠어?"

지애가 형언하기 어려운 눈빛으로 나를 쳐다봤다. 반은 귀엽다는, 반은 대견하다는 뭐 그런 느낌이었다. 동갑이더라도 여자에게서는 늘 모성애가 느껴졌다.

"그나저나 소심이는 잘 있어?"
잠깐 전화통화를 하고 돌아온 지애가 물었다.
"잘 있지, 이젠 제법 컸다. 이만 해."
나는 그녀가 대강 크기를 짐작할 만큼 두 손을 벌렸다. 그리고 폰에 저장된 소심이의 사진을 보여주었다. 소심이는 지애처럼 가늘고 예뻤다.
"요게 어제 찍은 거야. 아주 최근 모습이지."
"아이, 귀여워라…… 보고 싶다."
"언제 한번 집에 와. 그래도 한때 네 자식이었는데……"
"다섯 살이면 이제 다 큰 거네."
"그렇지, 사람으로 치면 35살? 개의 1년이 인간의 7년이라는 썰이 있잖아."
지애는 싱가포르로 떠나기 전 태어난 지 겨우 세 달된 말티즈와 같이 살고 있었다. 암컷이었다. 그녀가 처음으로 개를 기르게 된 것만큼 싱가포르로의 발령 역시 느닷없었다. 지애는 소심이를 어찌해야 할지 방법을 찾을 수 없었다. 데리고 가자니 애가 너무 어리고, 데리고 간다 해도 집을 구할 동안 호텔 생활을 해야 할 텐데 호텔에서 데리고 있을 자신도 없었다.

결국 지애는 소심이를 어딘가에 맡겨야 했다. 그러잖아도 소심한 앤데 다른 곳으로 가면 잘 적응할지 걱정이 몰려왔다. 오죽하면 소심이라 이름 지었을까. 그녀의 어머니는 알레르기가 있어 동물을 가까이 할 수 없었다. 딴살림 차린 아버지는 이미 외계인이 된 지 오래였다. 할 수 없이 그녀는 남자사람친구인 나에게 소심이를 맡아줄 수 있겠느냐고 조심스럽게 물었다. 나 역시 그렇게 느닷없이 하나의 생명체를 끌어안게 됐다. 그녀는 나에게 '기르겠느냐'고 묻지 않고 '맡아주겠느냐'고 물었다. 마치 3박 4일 여행을 떠나는 사람처럼. 다시 한국에 오면 데려가고 싶다는 암묵적인 동의를 구하는 것 같았다. 그렇게 소심이의 운명은 나에게 넘어왔다. 한 줌도 안 되는 생명체를 넘겨받는 순간, 여자는 참 위대하다는 생각이 뜬금없이 들었다. 전쟁을 일으키는 것은 남자지만, 그 남자를 낳고 기르는 것은 여자니까. 인류를 낳고 젖을 물리는 것은 여자니까. 이 조그만 놈도 언젠간 새끼를 낳겠지? 틈만 나면 들러붙을 생각만 하는 멍청한 수컷들은 죽었다 깨어나도 할 수 없는 그 어마어마한 일을! 그날 모처럼 만난 우리 둘은 인간보다는 개 얘기를 더 많이 나누었다. 서로의 개 같은 삶을 얘기하기보다는 개의 삶을 얘기하는 것이 더 편하고 좋았다.

"아니야, 안 보겠어. 소심이를 보면 다시 데려오고 싶을 거 같아. 이제 소심이는 너의 인생이야. 더 이상 소심이를 힘들게 하고 싶진 않아."

마치 옆에서 들으면 이혼한 남녀가 자신들의 애를 두고 이러쿵 저러쿵하는 것처럼 들릴 것 같았다. 사실 나는 이혼한 남자이기도 했다. 3년간의 첫 결혼 생활을 마감했다. 아이도 없었고 개도 없었다.

"알겠다. 너 좋을 대로. 그나저나 한잔해야지. 윤지애 귀국 기념. 이젠 우리 조국에 좀 눌러살지그래?"

"ㅍㅎㅎ 우리 조국? 난 그런 거 없다. 너네 조국은 좋은가 보네. 눌러살고 싶을 정도로. 암튼 다음 주 좋은 날 두어 개 잡아 톡할께. 당연히 술과 함께하는 저녁으로."

그녀는 대학 시절 신방과 동기인 데다 기타 동아리도 함께했다. 노리는 남자가 많았다. 나는 노리지는 않았지만 서로 끌렸다는 확신을 가지고 있었다. 졸업 후 서로의 갈 길을 갔고, 그녀와의 관계는 늘 친구인 듯 애인인 듯 51:49를 유지한 채 겉으론 아주 건전한 남녀사람친구로 이어졌다.

페이스북 메신저 알람이 떴다. 열어 보니 영어로 쓰인 장문의 문자였다. 발신자는 대만 타이베이에 사는 어떤 여성이었다. 이름이 에클레시아Eccelecia이며 줄여서 클레로 부른다고 자신을 소개한 그녀는 타이베이의 한 서점에서 내 책을 발견했고, 읽고 감명받았고, 그래서 책에 적힌 페이스북 주소로 연락을 한다 했다. 그리고 부탁하고 싶은 게 있는데 괜찮다면 대화를 하고 싶다는 거였다. 이게 뭐지? 라는 표정으로 핸드폰 모니터를 뚫어지게 쳐다보았더니 지애가 궁금해서 물었다.

"갑자기 애인이라도 생긴 거야?"

"이 나이에 애인은 무슨……"

"우리 나이가 뭐 어때서? 나이 들면 연애질도 못하냐?"

"됐고, 다음 주 좋은 날이나 정해 알려줘. 나 또 약속 있다. 지금 가야 해."

"바쁜 척하기는…… 그래 알겠다. 놔주마."

"가능하면 수요일은 빼줘. 선약이 있어서."

"바쁘긴 한가 보구나. 백수 작가께서."

"그러잖아도 백수과로사를 입증해 보일 뻔했어."

나는 자리에서 일어나 손을 내밀어 악수를 청했다. 지애가 나를 물끄러미 바라보며 말했다.

"야, 김반! 나랑 한번 사귀어보지 않을래?"

"ㅎㅎㅎ 프로포즈냐? 만난 지 30년 만에? 생각해볼게."

눈을 흘기는 지애를 뒤로하고 나는 호텔 문을 나섰다. 사귀어보는 게 생각해서 해결될 문제인지는 잘 모르겠으나, 나이 마흔 넘긴 인생이면 생각해서 될 문제 같기도 했다. 지애는 집을 구할 때까지 일주일 정도 이 호텔에 묵는다 했다. 어머니 집에 안 들어가느냐고 물었더니 떨어져 살며 얼굴 보는 게 훨씬 더 사랑의 강도가 세진다며 호텔행을 결정했고, 그녀만큼 독립적인 그녀의 어머니도 그러라고 한마디하곤 입을 닫았다고 했다.

차를 돌려 마포대교를 건너며 나는 그녀의 손을 잡아끌고 그녀의 호텔방으로 올라가 거칠게 섹스를 하는 상상을 잠시 했다. 사실 그녀의 몸이 궁금하기도 했다. 한 번도 본 적도 만져본 적도 없으니까. 그녀의 몸은 나에게 아마존 원시림처럼 다가왔다. 꼭 가보고 싶지만, 쉽사리 발이 떨어지지 않았다.

경복궁 옆 국립현대미술관 카페에서 두 번째 약속 상대를 기다리며 나는 클레에게 간단하게 답을 보냈다.

'안녕하세요? 김반입니다. 우선 제 책을 찾아 읽어주셔서 감사합니다. 그런데 혹시 어떤 부탁이신지요?'

바로 답이 왔다. 메신저를 열어놓고 문자가 오길 기다린 것 같았다.

'메신저로 얘기하긴 좀 길고요, 제가 타이베이로 초대하고 싶은데 한번 오시지 않으시겠어요? 항공부터 숙박까지 모든 걸 제공할게요.'

'좀 느닷없는 초대라서 바로 답을 하기 좀 어렵네요. 실례지만 무슨 일을 하시는지요?'

'김반 님처럼 마케팅 회사에 있다가 지금은 작은 출판사를 하나 차렸어요.'

'그럼 혹시 부탁이란 게 마케팅 컨설팅에 관한 일은 아니지요? 제 책의 저자 소개를 보셨으니 아시겠지만 마케팅 쪽 일은 안 하기로 결정했거든요.'

'네, 마케팅에 관련된 건 아니고요. 암튼 한번 뵙고 싶네요. 긍정적인 답을 주시면 제가 모든 걸 어레인지할게요. 가능하다면 3박 4일 정도면 좋겠습니다.'

'네, 알겠습니다. 내일 오전 중으로 답을 드리지요.'

'불쑥 드린 요청에 친절하게 답해주셔서 진심으로 감사드립니다. 좋은 답변 기다리겠습니다. 안녕히 계세요.'

'네, 내일 문자로 뵙죠.'

뭐랄까, 온라인에서 바이러스를 타고 돌아다니는 여우에게 홀린 느낌이랄까? 나는 정신을 차려 지금의 상황을 차분히 분석해보려 했다. 3단계로 정리가 됐다. 1. 클레는 내 소설을 읽었고 나에 대해 어느 정도 알고 있고 나에게 뭔가를 제안하려 한다. 2. 나는 한 여성에게서 느닷없이 문자를 받았고 느닷없는 제안을 받았고 그녀에 대해 아는 것이 거의 없다. 3. 즉, 내가 이 제안에 응한다면 알지도 못하는 곳을 아무 준비도 없이 무식하고 용감하게 탐험하는 꼴이 된다. 아마존에 대해 아무것도 모르고 비행기 표를 끊는 꼴이 된다. 머릿속에 YES와 NO 버튼이 나란히 떴다. 두 번째 소설집을 내기로 한 출판사 편집장이 저기서 걸어오는 모습이 보였다. 눈이 마주쳤고 나는 손을 흔들었다.

예감은 대체로 틀리지 않는다

다음 날 오전 10시 가까이 되어 일어난 나는 일어나자마자 클레에게 답을 해야 한다는 강박에 휩싸였다. 한국이 대만보다 1시간 빠르니까 오전 중으로 답을 하려면 3시간이 남은 셈이다. 맑은 머리로 다시 한 번 상황을 정리해보려 했다. 2주 후까지 100매짜리 단편소설 하나를 넘겨야 하는데, 대만에 다녀오면 뭔가 스릴 넘치는 소재가 생길 것 같다는 느낌이 들었다. 까짓 대만에서 납치되어 죽는 일이 발생할 것 같진 않고, 최악의 상황이라고 해봤자 심각한 스토커에게 걸려든 것 정도가 될 터인데, 그러면 야밤에 어디론가 도망쳐버리면 될 것 같다는 소설 같은 상상을 했다. 그녀가 보낸 문자의 글투로 봐서는 교양 없고 이상한 여자의 느낌은 없었다. 결국 대만행을 결정했다.

'클레 씨, 가기로 했습니다. 다만 요청하신 것보다 하루 줄여 2박 3일의 일정으로 하겠습니다. 다음 주 12월 23일 토요일에 출발해서 25일 월요일에 돌아오는 일정이면 좋겠네요.'

곧 바로 답이 왔다. 마치 기다렸다는 듯이.

'네, 아주 좋습니다. 비행기는 대한항공이 편하시겠지요? 대단히 죄송합니다만, 여권 앞면 사진 좀 찍어 보내주세요.'

'네, 대한항공이면 좋겠습니다. 고맙습니다.'

'바로 어레인지해서 알려드리죠. 감사드립니다.'

'참, 그곳 날씨는 어떤가요?'

'대만은 지금 겨울이 가장 좋은 계절이죠. 15~20도 사이를 오 가고요. 무엇보다 습기가 없는 유일한 시즌입니다. 대만엔 오신 적이 있나요?'

'네, 3년 전에 타이베이에 세미나 초청 받아 갔었지요. 9월인데 도 무척 습했던 기억이 있네요.'

'맞아요. 여긴 너무 습해서 사람들이 좀 게을러요 ㅎㅎㅎ. 암튼 가장 좋은 계절에 오시는 거예요. 곧 만나길 기대하겠습니다.'

'네, 곧 뵙죠. 여권 사진 찍어 바로 보낼게요.'

'네, 다시 한 번 감사드립니다.'

그녀의 메신저에는 프로필 사진 대신 고양이 사진이 담겨 있었 다. 확대해 보니 소파 위에서 털뭉치 공을 가지고 놀고 있는 모습 이었다.

2017년 12월 23일 토요일, 아침 6시에 일어난 나는 짐을 쌌다. 여행을 자주 다닌지라 짐 싸는 데 이골이 나서 15분 정도면 모든 걸 챙겼다. 잡다한 물건을 넣어놓은 작은 가방과 세면도구가 담긴 가방이 언제나 캐리어 속에 들어 있었기에 옷가지만 챙기면 되었 다. 날이 따뜻하다니 두꺼운 옷도 필요 없을 터였다. 비행기는 오 전 9시 인천에서 출발 예정이었다. 비즈니스석으로 준비한 것으로 보아 아마 숙소도 고급스러울 것이라는 짐작이 들었다.

비행기 안에서 나는 줄리언 반스Julian Barnes의 소설을 영화화한 〈예감은 틀리지 않는다〉를 보았다. 원제목인 'The sense of an ending'을 왜 그런 식으로 번역한 것인지 모르겠으나, 책 번역본의 제목을 그대로 따른 것 같았다. 영화는 소설의 내용을 그런대로 충실하게 소화했다. 소설의 핵심이랄 수 있는 마지막 반전도 매끄럽게 처리된 느낌이었다. 영화 한 편을 보고 밥 한 끼를 먹으니 내릴 때가 되었다. 타오위안 공항에 내려 입국 수속을 마치고 출구로 나왔을 때는 12시가 가까웠다.

클레는 자신이 운전을 못하기에 호텔까지 오는 택시를 보냈으니 타고 와달라는 요청을 미리 했다. 출구를 빠져나오니 한글로 '환영합니다, 김반 님'이라 쓰인 종이를 들고 있는 운전사가 서 있었다. 그를 따라 택시에 올랐다. 차 옆으로 스쳐 지나가는 12월의 타이베이를 바라보며 클레에 대한 궁금증이 점점 더 커졌다. 어떤 일이 일어날지 도무지 그 어떤 감도 잡히지 않았다. 다만 생각지도 못한 일이 기다리고 있을 것 같은 예감은 들었다. 그 예감이 틀리지 않길 바랐다.

기사는 '홈home'이라는 호텔 앞에 나를 내려주었다. 아마 집같이 편안한 호텔이라는 의미에서 지은 이름인 것 같았다. 호텔 문을 열고 들어서니 소파에 한 여성이 앉아 있었다. 직감적으로 클레라는 생각이 들었다. 그녀는 미소와 함께 다가오며 "안녕하세요, 연락드린 클레입니다. 와주셔서 감사합니다"라고 한국어로 또

박또박 말했다. 마치 발음 교정 치료를 받는 사람처럼. 첫인상에서부터 완벽한 모습을 보이려고 애쓰는 것 같았다. 그녀는 키 160센티가 조금 넘어 보이는 가느다란 여자였다. 머리는 목을 덮지 않는 숏커트였고 목폴라에 블랙진을 입고 얇은 후드티를 걸쳤다. 그리고 회색 뉴발란스 스니커즈를 신었다. 얼굴은 아주 작았다. 가무잡잡한 편이었고 미인형 얼굴은 아니었으나 충분히 호감이 가는 그런 얼굴이었다. 캐주얼하지만 전문가의 느낌이 묻어나는 여자였다. 전반적으로 지애의 느낌이었다. 다른 점이 있다면 지애는 웨이브가 진 적당한 길이의 머리였다. 지애에게는 그 스타일이 잘 어울렸다. 마치 그 헤어스타일을 하기 위해 태어난 여자 같았다.

"피곤하실 텐데 우선 짐 푸시고 좀 쉬시다가 내려오세요. 늦은 점심을 먹도록 하지요. 저는 여기서 기다릴게요."

"장거리 비행도 아니었는데 괜찮습니다. 지금이 12시 45분이니까 1시 15분에 여기서 뵙죠."

"호텔이 마음에 드셨으면 좋겠네요."

룸키를 들고 엘리베이터를 향해 가는 순간 그녀의 가늘고 긴 손가락이 눈에 들어왔다. 헤어진 아내의 손도 그랬다. 나는 아내의 그 손을 무척 좋아했었다. 내가 청년일 때가 있었던 시절, 여자의 손을 잡는다는 것은 친구에서 이성의 관계가 된다는 언약식 같은 거였다. 나는 갓 열아홉 소녀의 손을 처음 잡았을 때의 떨림을 아직 몽고반점처럼 지니고 있다. 그리고 그녀는 나의 아내가 되었다가 전처가 되었다.

902호의 문을 열었다. 복도 맨 끝 방이었다. 실내 디자인이 군더더기 없고 세련됐다. 룸의 바닥은 짙은 고동색 마루였고, 욕실 벽은 화강암을 깎아 동굴의 느낌을 주었다. 침대 벽면에는 마스터 스위치 하나만 달랑 붙어 있고 아이패드로 모든 걸 조종하게 되어 있었다. 예상했던 대로 높은 수준의 숙소를 부킹하느라 꽤 신경을 쓴 것 같았다. "타이베이에 있는 호텔 중 김반 씨의 취향에 가장 잘 맞을 거예요"라던 클레의 말이 떠올랐다. '이거 뭐야, 내 속을 훤히 들여다보고 있는 거야……?'

나는 짐을 풀고 간편한 복장으로 갈아입고 엘리베이터를 타고 클레에게로 내려갔다.

"자, 이제 어디로 가나요?"

"타이베이의 오래된 동네인 다퉁구로 갈 거예요. 단수이강 옆에 있지요. 지금은 옛집들을 개조한 음식점, 카페들이 들어찬 곳이에요."

"가는 곳이 그럼 타이베이의 중심에서 동서남북 어딥니까?"

여행을 가면 내가 지금 있는 곳의 방위를 꼭 알아야 하는 강박이 터져 나왔다.

"서쪽이에요. 지금 묵으시는 호텔은 시내 중심에서 약간 동쪽이구요."

우리는 택시를 잡아타고 클레가 말하는 타이베이의 옛 동네 다퉁구로 향했다. 서울의 북촌이나 서촌쯤 될 것 같았다.

우리는 클레가 자주 가는 듯한 가정식 정찬 집에 들어갔다. 주인이 직접 나와 친절하게 맞이해주었고, 오늘은 생선수프를 준비했다고 했다. 우리로 치면 생선을 넣고 끓인 미역국 같은 것이었다. 어릴 적 감기에 걸릴 때마다 어머니는 생선 미역국을 끓여주었고, 나는 그 생선 미역국을 한 그릇 뚝딱하고 기력을 차리곤 했다. 클레는 주인에게 나를 한국의 유명한 작가라고 소개한 뒤 생선수프에 국수를 넣어줄 수 있느냐고 물어봤다. 주인이 당연히 가능하다고 하자 클레는 나를 보고 "생선수프에 국수를 넣어 드시는 건 어때요?"라고 물었다. 나는 아주 좋다고 답했다. 그녀는 내 소설을 읽고 내가 국수를 좋아한다는 사실을 알았다 했다. 나에 대해 치밀하게 공부를 한 것 같았다. 고시 공부하듯이.

"내가 소설에 국수를 좋아한다고 썼지만, 소설은 원래 허구니까 정반대일 수도 있는데요. 가령 국수를 아주 싫어하기에 소설에서는 아주 좋아하는 것처럼 쓰고 싶은 충동이 생기는 거죠."

나는 내 말에 대한 클레의 반응이 궁금했다. 클레는 거침없이 대답했다.

"물론 소설은 사실을 바탕으로 한 허구이지만, 저는 소설 구절을 읽으며 '이건 완전 사실이다, 이건 어느 정도 사실이다, 이건 완전히 허구다'라는 판단을 아주 잘해요. 김반 씨는 국수를 아주 좋아하는 사람이죠!"

"ㅎㅎ 이거 완전히 들켜버렸군요. 그럼 저에 대해 얼마나 파악하신 거예요?"

"저는 선생님이 쓰신 소설을 세 번 읽었어요. 꼼꼼하게요. 선생님은 근본적으로 마음이 따뜻한 사람이에요. 아주 추진력이 있는 사람이고요. 간혹 자신이 원하는 일을 너무 밀어붙이는 경향이 있어서 주위 사람들과 트러블이 생길 때도 있죠……"

나는 그녀의 분석을 듣고 정말 깜짝 놀랐다. 사실 내가 다니던 대기업 직장을 그만두고 하던 일과 전혀 다른 작가의 길을 시작한 것도 그 이유에서였다. 사장에게 회사가 이런저런 방향으로 가야 한다고 여러 차례 건의해도 "흠, 좋은 생각이야"라는 말 한마디 외에 어떤 일도 일어나지 않았다. 뻔히 가야 할 길이 보이는데도 주위 사람들은 늘 미적댔다. 이러한 조직 문화에 염증이 생긴 것도 있지만, 사실 마케팅이라는 것이 하면 할수록 포르노 업종 같다는 생각이 들었다. 엄청 있어 보이게 포장하는 것이다. 그러나 알고 보면 그것은 허상이다. 누구도 포르노 스타처럼 멋진 섹스를 할 순 없다. 마찬가지로 브랜드에 관련해서도 그런 허상을 소비하게끔 조장하는 것이 마케팅이다.

"하지만 클레 씨, 저는 소설 속에 그런 내용을 직접적으로 언급한 적은 없는데요?"

"네, 그렇죠. 그렇지만 저는 알 수 있어요. 생년월일과 별자리를 가지고 그 사람의 운명을 알아내듯이요."

"ㅎㅎㅎ 직업을 바꾸셔야겠어요. 포춘텔러fortune-teller로."

나는 이 세상엔 별의별 독자가 다 있겠구나, 라는 생각을 처음 하게 됐다. 이제 겨우 첫 번째 소설을 썼을 뿐인데, 그것도 인간이 얼마나 보잘것없는 존재인가를 보여주는 아주 재미없는 소설을 썼을 뿐인데. 작가도 아이돌 스타처럼 될 수 있겠구나, 라는 생각도 동시에 하게 됐다. 스토커들은 아이돌 가수나 스포츠 스타에게만 들러붙는 것이 아니었다.

"자, 그럼 이제 우린 어디로 가는 거죠? 이쯤 되면 당신이 왜 나를 대만에 초대했는지 말씀해주셔야 될 거 같은데요?"

늦은 점심을 마치고 나오면서 나는 물었다.

"오늘은 저와 저녁까지 함께하시고 가벼운 술 한 잔 나누시면 되어요. 그리고 내일 아침 고속기차를 타고 타이난으로 갈 거예요. 거기서 하룻밤을 자고 한국으로 가기 위해 바로 타오위안 공항으로 가는 스케줄입니다."

"타이난이요? 워우~ 점점 흥미로워지는데요? 이것은 일종의 납치인가요?"

"네, 맞아요. 여기 납치당하러 오신 거예요. 지금도 납치당하신 중인 거고요. 빨리 알아채셨네요 ㅎㅎㅎ."

나는 클레의 그 말이 분명 농담이란 걸 알았지만 살짝 소름이 돋았다.

"그럼 당신은 날 볼모로 잡고 뭘 원하시는 거죠?"

"차차 아시게 될 거예요. 너무 서두르지 마세요."

그녀는 택시를 불렀고 5분 후 택시가 도착했다. 나는 클레가 이 끄는 대로 모카 미술관에서 현대 대만 작가의 작품을 관람하고, 인근에 있는 카페에서 우롱차를 나눠 마시고, 일식집에서 저녁을 먹으며 사케를 마셨다. 마치 단체 관광처럼 가이드가 이끄는 대로 다니면서 보고 먹고 이동하는 첫날이었다.

"오늘 여러 가지로 피곤하실 텐데 푹 쉬세요. 내일 아침 9시 30 분에 픽업하러 올게요. 호텔에는 조식이 포함되어 있으니 일찍 일 어나시면 드시고, 아니면 저랑 카페에서 샌드위치와 커피 한 잔 하셔도 되고요."

"네, 오늘 즐겁고 감사했습니다. 내일 뵙죠. 그런데…… 혹시 나이를 물어도 될까요?"

"호호호, 그게 궁금하셨구나. 올해 마흔 됐어요……"

"그래요? 기껏해야 서른 초반? 그 정도로밖에 보이지 않아요!"

"암튼 감사해요. 어리게 봐주시고. 푹 쉬세요. 낼 뵙죠."

"네, 클레 씨도 좋은 밤 되세요……!"

시계를 보니 밤 10시 30분이었다. 욕조에 물을 받아 반신욕을 하면서 오늘 하루 있었던 일을 되새겨보았다. 그녀는 주로 나의 일상, 한국 드라마와 K-pop, 성형수술, 감옥에 간 대통령, 그리고 북한 김정은과 핵무기에 대해 질문을 했고, 그 질문에 대해 이런저런 답을 하다가 타이베이에서의 하루가 지나갔다. 그녀가 자신에 대해 언급한 것은 한국 드라마를 통해 한국어를 익혔다는 것과 최근에 공유가 나오는 〈도깨비〉를 재미있게 봤다는 것 정도였다. 오늘 내가 그녀에 대해 알게 된 것은 그녀의 나이 마흔이라는 것이 거의 전부였다. 그녀는 처음 본 나를 아주 잘 알고 있었고, 나는 처음 본 그녀에 대해 아는 것이 거의 없었다. 그것이 첫 만남의 요약이었다. 예견치 못한 일이 일어날 것이라는 예감이 틀리지 않은 첫날이었다.

이유를 대지 못한 채 김광석이라는 이유로

8시에 맞춰진 알람이 울어댔다. 깨어보니 낯선 곳 침대 위였다. 나는 10여 분을 뭉그적대다가 일어났다. 원래 아침을 먹지 않았기에 특별히 일찍 일어나 호텔 조식을 먹을 이유는 없었다. 물 한 잔과 컴플리먼트로 놓여 있는 사과 하나를 베어 물고 잠이 깨기를 기다렸다. 9시 30분에 맞춰 내려가니 클레가 기다리고 있었다. 어제와 비슷한 캐주얼 차림이었지만 후드티 없이 긴팔 셔츠를 접어

입었다. 내가 그녀의 옷차림을 한눈에 스캔하는 것을 느꼈는지 그녀가 말했다.

"타이난은 여기보다 더워요. 반팔만 입어도 될 정도지요. 커피라도 한 잔 하시겠어요? 근처에 커피 잘하는 데가 있어요."

"네, 좋지요. 커피 마니아라서 아침 공복에도 커피로 시작합니다."

우리는 걸어서 약 5분 거리에 있는 커피숍에 도착했다. 주말 오전인데도 사람들이 꽤 많았다. 커피를 기다리는 동안 클레는 느닷없이 대학 시절 나의 기타 동아리에 대한 이야기를 물었다. 그것역시 나의 첫 소설에 등장하는 스토리였다.

"제가 대학 다닐 땐 학교마다 기타 동아리가 있었어요. 노찾사니 동물원이니 그런 포크송 가수들을 좋아했어요. 지금처럼 열 명씩 우르르 몰려나오는 아이돌 가수가 없을 때였으니까요. 그중에서도 김광석이라는 가수가 우리의 아이돌이었고 동아리에서 그의노래를 많이 불렀지요."

"저도 김광석 알아요."

"네? 정말요?"

"네, 정말요. 저는 그의 노래 중에 〈말하지 못한 내 사랑〉을 제일 좋아해요."

정말 의외였다. 느닷없이 대만까지 나를 불러낸 어떤 여자가 김광석을 알고 있다는 사실도 의외였지만, 안다 해도 그의 대표곡

중의 대표곡인 〈서른 즈음에〉나 〈사랑이라는 이유로〉를 제쳐두고 〈말하지 못한 내 사랑〉을 꺼낼 줄은 생각도 못했다. 도대체 이 여자 누구인가? 그녀의 프로필 사진에 등장하는 고양이처럼 그녀는 두 앞발로 나를 툭툭 건드리며 뭔가를 탐색하는 것 같았다. 주문한 커피가 나왔고 우리는 밖으로 나와 역으로 가기 위해 택시를 잡아탔다.

"김반 씨, 제가 썰렁한 얘기 하나 해드릴까요?"

"네, 좋지요!"

"펭귄이 집 나간 자기 형을 찾으러 집 근처에 있는 바에 갔어요. 그리고 바텐더에게 우리 형 못 봤느냐고 물어봤죠."

"펭귄이요? 형이 술을 좋아했나 보네……"

"바텐더가 뭐라고 했게요?"

"글쎄요…… '술 취해서 펭귄 말로 횡설수설하다 냉장고 안에서 자고 있어!'라고 했을 거 같아요."

"김반 씬 역시 소설 쓰는 사람 맞네요 ㅋㅋㅋ."

"그럼 뭐라 했는데요?"

"'너희 형이 어떻게 생겼는데?'라고 물었대요."

"흠…… 썰렁한 거 맞네요."

"김반 씬 이 썰렁한 얘기를 어떻게 생각하세요?"

"한국에선 썰렁한 얘길 하면 '저기 펭귄 지나간다!'라고 말해요. 펭귄이 추운 데 사니까 썰렁하단 거죠."

"아~ 그런 의미가 있군요. 그럼 제가 펭귄 얘길 썩 잘 꺼낸 거네요!"

"클레 씨는 어떻게 생각하는데요?"

"저는 이 이야기가 인간의 우매함을 보여주는 우화라고 생각해요."

"인간의 우매함⋯⋯?"

"생각해보세요. 펭귄이 펭귄이지, 설명해줄 무슨 인상착의가 있겠어요. 인간은 늘 그렇게 분석하고 설명하려 해요. 그럴 필요가 없는 것조차도. 습관이 된 거죠. 고등동물이라는 걸 입증이라도 해야 된다는 듯이."

"아~ 재밌는데요? 일리가 있어요."

"인간은 스스로를 아주 뛰어난 존재라 생각하지만, 늘 이런 식으로 어리석음을 드러내지요. 그래서 인간은 영원히 철들 수 없다고 생각해요. 본질을 보지 못하죠."

클레가 본질이라는 단어를 말하는 순간 나는 움찔했다. 펭귄 따위의 얘기에서 본질이 등장하리라곤 생각도 못했기 때문이다.

"그럼 클레 씨가 생각하는 인간의 본질은 뭔가요?"

"이렇게 설명해볼게요. 제가 마케팅 일을 관둔 이유는 사람의 마음을 들여다보는 것이 부질없다는 것을 깨달았기 때문이에요. 하루에도 수십 번씩 변하는 사람의 마음을 어찌 알 수 있겠어요.

그런데 우리는 마치 그것이 가능하다는 듯 사람에게 먹히는 불변의 법칙을 찾으려는 어리석음을 드러내죠. 그리고 그것을 불변의 법칙이라고 만들어 팔아먹어요. 일종의 퍼셉션 비즈니스perception business지요. 실제로는 그렇지 않거든요. 그것을 팔아먹는 사람이나 그것을 소비하는 사람이나…… 인간은 어리석어요. 자기 꾀에 맨날 넘어가죠."

"결국 인간은 자신이 어리석다는 걸 인정해야 한다는 거군요."

"네, 인정하면 마음이 편해지고요…… 김반 씨 소설이 좋았던 게 바로 그런 거였어요. 하잘것없는 인간이 마치 우주의 주인인 양 이리 재고 저리 재단하고 꾸짖고 하는 모습이 얼마나 우스꽝스러운가를 얘기하고 있잖아요. 저는 마지막 장에 등장하는 치질에 관한 에피소드가 제일 재미있었어요. 인간이 자랑할 수 있는 유일한 건 인간이 뛰어난 지능을 가지고 있다는 것이 아니라 치질을 가지고 있다는 것. 그래서 그 고귀한 치질을 부여잡고 기도해야 한다는…… 저는 그 어이없는 풍자가 너무 와 닿았어요. 얼핏 신성모독처럼 보이지만, 사실은 성경에서도 늘 언급되는, 인간이 얼마나 보잘것없는 존재인지를 세속적으로 말해주는 것이잖아요."

"와우! 어찌 작가보다 작품에 대해 더 잘 아세요? 다음번 제 소설에 평 좀 써주시겠어요?"

그녀는 독심술사 같았다. 나 자신이 그녀 앞에서 탈탈 털리는 느낌이었다.

타이베이에서 타이난까지는 고속철로 1시간 30분 정도 걸렸다. KTX를 타고 얼추 서울에서 대구까지 가는 거리쯤 되지 싶었다. 타이난까지 가는 동안 내가 그녀에 대해 알아낸 것이 몇 가지 있었다. 타이난은 그녀가 태어나 자란 곳이었다. 타이난에서 고등학교까지 마치고 타이베이로 올라와 대학 생활을 시작했고, 대학에서 정보 커뮤니케이션이라는 생소한 전공을 선택했다. 타이베이에서 그녀는 여동생과 고양이 두 마리와 같이 살고 있고, 그녀의 부모님은 여전히 타이난에 살고 계신다. 우리는 영어로 대화했는데, 그녀는 외국 생활을 한 적이 없는데도 독학으로 제법 능숙한 영어를 하게 됐다. 미드가 큰 도움이 됐다고 했다.

"이제 왜 타이난에 가는지 말씀해주셔야죠. 그냥 고향 구경시켜주려는 것은 아닐 테고……"

나는 더 이상 궁금증을 참지 못하고 답을 재촉했다.

"맞아요, 제 고향을 구경시켜드리고 싶은 것도 있지만, 그 때문만은 아니에요. 당신을 보고 싶어 하는 사람이 있어요."

"저를 보고 싶어 한다고요? 클레 씨 말고 또 누가……?"

"오늘 저녁에 아시게 될 거예요. 그러니 그냥 납치당한다 생각하시고 모든 걸 내려놓으세요……"

"이거 정말 납치 맞군요…… 아름다운 클레 씨에게 납치당하는 거라면 뭐 기꺼이 당하지요……"

클레가 나를 귀엽다는 듯 쳐다보며 웃었다.

나는 1968년 서울에서 태어났다. 1987년 87학번으로 대학에 입학했다. 입학하자마자 6월 민주항쟁을 맞이했고 주먹을 불끈 쥐고 시내로 몰려나갔다. 민주화의 온기는 찾았으나 여전히 나라는 혼란스러웠다. 대학교 2학년을 마치고 1989년 2월 한겨울에 군에 입대했다. 그해 11월에 베를린 장벽이 무너졌다. 1991년 5월에 제대한 후 복학을 앞둔 8월에 소련이 해체됐다. 복학해보니 캠퍼스는 화사했고 모두 배낭을 메고 학교에 등교했고 '바람 부는 날이면 압구정동에 가야 한다'라는 시집 제목이 시대의 화두가 되어 있었다. 모든 게 혼란스러웠다. 세상은 손바닥 뒤집듯이 너무 쉽게 뒤집어져 있었다. 그 이상한 혼란기를 우리는 동아리 방에서 김광석의 노래를 부르며 달랬다. 왜 김광석이어야 했는지는 모르지만 아무도 그 이유를 대지 못한 채 김광석을 부르고 있었다. 그는 우리가 품었던 까닭 모를 슬픔을 더욱 배가시켰다. 우리는 슬퍼해야 할 대상이 뭔지도 모르면서 더더욱 크게 슬퍼했다. 김광석이 우릴 망쳐놓은 것이다.

"그런데 김광석의 〈말하지 못한 내 사랑〉을 가장 좋아하는 이유가 있어요?"

"느낌이 너무 좋아요."

"어떤 느낌인데요?"

"썸 타는 사람과 밤새 이야기를 나누다 보니 어느덧 새벽이 된 느낌이랄까요. 밖으로 나오니 거리는 비에 씻겨 있고 서서히 동트는 무렵 세상에서 제일 먼저 아침을 맞이하는 기분?"

그녀의 말을 듣고 나는 말문이 막혀버렸다. 아니, 모골이 송연해졌다는 클리셰가 딱 맞는 표현일 것 같았다. 노래를 듣고 내가 느꼈던 감정과 정확하게 일치했기 때문이었다. 내가 말로 표현 못했던 그 감정을 클레는 가슴에 와 박히는 한 편의 시구처럼 풀어냈던 것이다. 클레와 나는 서로 자신의 모국어가 아닌 영어로 대화를 나누고 있었지만, 노래는 서로에게 공통된 모국어였다. 입안에서 머릿속에서 〈말하지 못한 내 사랑〉의 멜로디가 계속 맴돌았다.

노래에 대한 사랑은 때론 남녀 사이의 사랑보다 오래 지속된다. 처음 들었을 때의 떨림을 그대로 간직한 채. 그 여자는 잊혀져도 그 여자와 함께 듣던 노래는 늘 부활한다. 때론 돌아가신 어머니보다 노래를 더 자주 떠올리는 불효를 저지르기도 한다. 좋아하는 노래는 폰에 저장해놓고 매일 반복해 불러내지만, 어머니를 재생해내는 경우는 극히 드물다. 어머니는 돌아가신 기일에 한 번 불러내지만, 노래엔 매일 초혼제를 지낸다.

창밖을 내다보며 멍해 있는 나에게 클레가 타이난 역에 도착했다며 내려야 한다고 말했다.

타이난은 클레의 말처럼 따뜻했다. 12월인데도 사람들은 반팔에 얇은 겉옷 하나를 걸치고 다녔다. 우리는 카일Kyle이라는 청년이 운영하는 올드하우스Old House 중 한 곳에 묵었다. 타이난에서는 젊은 아티스트들이 고택을 개조해 게스트하우스로 만드는 프로젝트가 유행이었는데, 카일의 게스트하우스도 그중 하나였다. 게스트하우스 안의 집기나 그릇, 다기도 아티스트들이 만들어 제공했다. 일종의 예술 문화 공동체였다. 건축을 전공한 카일은 도로변까지 우리를 마중 나와 게스트하우스로 안내한 후 그가 개조한 집의 역사에 대해 말해주었다. 단순히 게스트하우스의 주인이 아니었던 것이다. 그는 타이난의 문화를 알리는 전도사 역할을 하고 있었다.

"타이난은 타이완 역사상 처음으로 외부에 문을 연 옛 수도였던 데다 네덜란드, 청나라, 일본의 통치를 받아 여러 문화가 혼재해 있지요. 두 분이 묵을 이 집도 1940년에 일본인이 지은 일본식 가옥입니다."

타이완의 정수는 타이난이라며 타이난에 온 것을 환영한다는 말을 몇 차례 반복하고 카일이 떠났다.

우리는 옛 도심을 둘러싸고 있던 성곽 근처의 식당으로 발길을 옮겼다. 카일이 추천해준 오리 국수 전문집이었다. 클레는 오리가 닭보다 사람 몸에 더 좋은 음식이라고 나에게 말했다. 나는 종이에 오리를 뜻하는 한자 '압鴨'을 써서 보여주었다. 그리고 새 조鳥 옆에 갑甲이 있으니 새 중에 으뜸이라고 말해주었다. 클레는 그런 뜻인 줄 몰랐는데 뜻밖이라며 눈을 크게 뜨고 아이처럼 좋아했다. 자신의 나라 언어를 쓸 줄 알고 그 뜻을 풀이할 줄 아는 사람에 대한 기쁨과 놀람이었다.

저녁이 가까워 오자 사방에서 불꽃이 터지고 온 도시가 시끄러웠다. 12월 24일 크리스마스 이브였다. 이곳도 크리스마스를 엄청반기는구나 싶었다. 나는 내가 온 것을 환영하는 불꽃이냐고 재미없는 조크를 던졌고 클레가 바로 응답했다.

"그럴 거예요. 여기 타이난에만 사원이 1300개가 있어요. 그 말은 1300명의 신을 섬긴다는 것이죠. 오늘은 그중 가장 중요한 몇몇 신의 탄신일이에요. 오늘 이곳에 오신 건 정말 행운이에요. 저기 차려진 상들 보세요. 끝이 없잖아요. 사람 먹으라고 저렇게 차려놓은 게 아니에요. 신께 바치는 음식이지요."

생일상의 행렬이 족히 백 미터는 넘어 보였다. 기네스북에 오르고도 남을 규모였다. 그러나 누구 하나 상 위의 음식에 손대는 사람이 없었다. 오롯이 신을 위한 것이기에.

"1300명의 신들 모두를 위해 이렇게 생일 파티를 하나요?"

"네, 맞아요. 그래서 타이난에는 하루에도 평균 서너 군데의 사원에서 생일 파티를 하지요. 일 년 내내 신들의 생일 파티가 이어진답니다."

정말 놀라운 일이었다. 동네 구석구석마다 사원이 하나씩 박혀있었고, 사람들은 지나가다가도 사원에 들러 기도를 올렸다. 신들은 그들의 생활 속 깊숙이 들어와 식구처럼 살고 있었다. 내일이

크리스마스인데, 예수님은 이곳 신들에 묻혀 생일상은 받을 꿈도 못 꿀 처지였다.

"그럼 오늘은 365일 중에서도 굉장히 성스러운 날이군요."

"네, 그래서 오늘 오십사 하고 초대한 거예요. 오늘 김반 님은 제게 신과 동급입니다. 오늘의 페스티벌이 바로 김반 님을 위한 거라 생각하세요."

뭔가 대단한 일이 벌어질 것 같은 느낌이었다. 온 도시가 들떠 있었다. 어떤 신이 이 도시에 강림했다는 것은 상서로운 일일 것이다. 나야 기껏 이곳에 왕림한 것에 지나지 않지만. 어쨌든 신이 존재하는 이유는 인간이 얼마나 하잘것없는 미물인지를 보여주기 위한 것이다. 그래서 우리는 매일 기도하고 생일상을 차려드린다. 늘 갈지자로 걷는 게 인간이니까. 어떤 시인은 죽지도 살지도 못할 때 찾아오는 게 서른이라 했지만, 사실 인생 자체가 그런 것이다. 죽지도 살지도 못하면서 연명하는 것.

이럴 수도 저럴 수도 없었던 모두의 20대

클레와 나는 공자를 모신 사원을 짧은 시간에 돌아본 후, 인근에 있는 허름한 3층 집 입구에 도착했다. 드디어 클레가 말했던 나를 보고 싶어 하는 사람을 만날 시간이 되었다. 1층 거실로 들어가니 열 명 남짓의 사람이 모여 있었다. 탁자 위에는 맥주와 위스키 그리고 함께 먹을 수 있는 간단한 핑거 푸드가 놓여 있었다. 모두들 나를 환영해주었다. 이곳은 클레의 대학 시절 기타 동아리 멤버였던 레오Leo가 사무실 겸 녹음실로 쓰는 곳이었다. 2층에는 연주실이, 3층에는 썩 훌륭한 장비는 아니지만 녹음실이 있었다. 레오는 35세까지 타이베이에서 일하다가 5년 전 이곳 고향으로 돌아와 스튜디오를 차렸다. 그가 동아리 인맥의 핵심인 것 같았다. 그리고 오늘은 그의 스튜디오에서 기타 동아리의 연말 모임이 있는 날이었다. 타이베이에서, 카오슝에서, 타이중에서 그녀의 동아리 친구들이 몰려왔다.

나는 클레에게 이분들이 나를 보고 싶어 하는 사람이었느냐고 물었다. 클레는 그렇다고 대답했다. 내가 프로페셔널 기타 연주자도 아니고 가수도 아닌데 왜 이들이 날 기다렸느냐고 물었더니, 해마다 크리스마스 즈음에 외부에서 한 사람씩 정중하게 납치해서 함께 하룻밤을 나눈다고 했다. 납치의 기준은 포크송을 사랑하는 사람이기만 하면 되었다. 포크송을 사랑하는 사람은 인류의 평화를 사랑하는 사람이라는 말을 강조해 덧붙였다. 내 머릿속엔 밥 딜런, 존 바에즈, 레너드 코헨…… 뭐 그런 가수들이 재빠르게 스쳐지나갔다. 내가 포크송을 사랑하는 사람의 기준에 미달될 것은 없지만, 단지 그 이유 때문에 이곳까지 납치되어 왔다는 사실은 쉽게 믿기지 않았다. 그들은 인류의 평화를 기리는 비밀 단체 같았다. 클레의 이름인 에클레시아가 뜻하는 오염되지 않은 성스러운 집단 같았다. 나는 바다 건너 이곳까지 에클레시아 입회식에 납치되어 온 것이다.

레오가 코믹한 인사말로 좌중을 한번 크게 웃기고는 먼저 클레에게 기타를 넘겼다. 그녀는 레오를 밉지 않게 흘겨보더니 곧 기타를 잡았다. '왜 내가 첫 번째야!'라는 느낌이었다. 이 자리의 캡틴은 레오였다. 그가 지정하는 게 순서였다. 클레는 몇 번 튜닝을 하더니 치어 천Cheer Chen, 陳綺貞의 〈여행의 의미旅行的意義, Miracle of Travelling〉라는 노래를 불렀다. 그녀의 목소리는 평상시 대화할 때보다 좀 더 가는 고음이었다. 가사는 몰랐지만 그녀의 노래는 과거의 아픔과 상처를 쓸쓸한 아름다움으로 승화시키는 것 같았다. 그녀가 가사도 모르는 〈말하지 못한 내 사랑〉을 듣고 어떤 느낌을 가졌던 것과 같았다. 이어서 레오가 자신이 작곡한 〈블루문Blue Moon〉을 불렀다. 대학 때 동아리에서 늘 오프닝 송으로 불렀다고 클레가 말해주었다. 세 번째 순번이 된 사람은 타이난 출신 사명우謝銘祐 Hsieh Ming-Yu의 노래를 불렀다. 노래 사이사이에 건배가 이어졌다. 테이블 위에 주르르 놓여 있던 맥주와 위스키가 곧 바닥날 기세였다.

"정말 당신을 기다리는 사람은 따로 있어요."

클레가 비밀스러운 눈빛으로 말했다.

"누군데요?"

"곧 올 거예요……"

잠시 후 문을 열고 50대 중반쯤 되어 보이는 남자가 기타를 들고 들어왔다. 김광석이었다. 순간 나는 내 눈을 의심했다. 아니, 아니, 정말 김광석인 거야……? 그가 살아 있었어? 나는 내가 과음한 탓에 헛것을 본 게 아닌가 싶어 발밑에 놓인 빈 맥주병을 세어보았다. 겨우 세 병이었다.

김광석은 내게 다가와 잘 지냈느냐며 보고 싶었다는 인사를 건네곤 이곳까지 자기를 만나러 와줘서 고맙다고 말했다. 내가 그를 사석에서 본 것은 학전 소극장에서의 공연이 끝난 후 뒤풀이 자리에서 잠깐 만나 인사를 나눈 것이 전부였다.

"저, 저를 기억하세요?"

"그럼요. 공연 후 뒤풀이에서 만났잖아요. 그때 기타 동아리 분들하고 우르르 오셔놓고선……"

"네, 네, 그랬지요…… 그래도 하도 오래전 일이라서…… 그런데 이곳엔 어쩐 일로……?"

"저 역시 작년 이곳 연말 모임에 클레의 초대를 받고 납치되어 왔어요. 그랬는데 이곳이 너무 좋아 그냥 눌러앉아버렸지요."

"아, 그랬군요…… 그럼 오늘 노래도 들려주시겠네요?"

"네, 여기 이 친구들과 이들의 노래도 하고 제 노래도 하고 그렇게 새벽까지 함께할 겁니다. 김반 씨도 함께 불러주세요!"

나는 지금 눈앞에 펼쳐지고 있는 현실을 그냥 사실로 믿기로 했다. 그의 죽음을 단 한 번도 사실이라 믿지 않았기 때문에.

사람들이 김광석에게 노래해줄 것을 요청했고 박수로 그를 맞이했다. 마침내 그의 차례였다. 그는 특유의 자세로 의자에 앉았다. 와이셔츠에 넥타이를 맨 것도 이전의 그와 같았다. 첫 곡으로 그는 〈사랑이라는 이유로〉를 택했다. 이어서 클레가 좋아하는 〈말하지 못한 내 사랑〉을, 그리고 마지막으로 〈서른 즈음에〉를 불렀다. 나 역시 그를 따라 〈서른 즈음에〉를 부르며 이럴 수도 저럴 수도 없었던 나의 이십대를 떠올렸다. 김광석의 목소리가 "매일 이별하며 살고 있구나~"를 울려낼 때 나는 클레의 눈에서 눈물이 흐르는 것을 보았다. 우린 이십대에 철들지 말았어야 했다. 김광석의 노래를 들으며 우리는 너무 슬픈 인생을 너무 일찍 알아버렸다. 그 때문에 우리는 철들어버렸다. 그의 노래는 멜로디보다 가사가 먼저 들어왔다. 그놈의 가사들이 귀를 틀어막고 들으려 하지 않아도 온몸으로 파고들어왔다.

철드는 가장 좋은 방법은 철들지 않는 것이야

잠에서 깼다. 햇살이 방 안 가득히 들어와 있었다. 내 방이 분명한데 뭔가 낯설었다. 주위에 있던 클레의 친구들도 보이지 않고 널

브러져 있던 술병과 담배 연기와 기타 연주음도 사라지고 없었다.

"잘 잤어?"

옆에 누워 있던 지애가 웃으며 아침 인사를 했다.

"자알 자던데……? 어젯밤 무척 좋았나봐 ㅋㅋㅋ."

짓궂은 웃음을 지으며 그녀가 나의 부스스한 머리를 쓰다듬었다. 그랬다. 나는 어제저녁 타이완에서 돌아오자마자 지애를 만났고 우리는 이자카야에서 늦게까지 술을 마시며 크리스마스 밤을 달렸다. 밤 12시가 되어 택시를 잡으려 서 있는데 눈이 내리기 시작했다. 이런 절묘한 타이밍이라니! 마침내 화이트 크리스마스였다. 옆에 누군가가 있다면 사랑을 나누지 않을 수 없는 밤이었다. 내 팔짱을 끼고 있던 지애가 나를 올려다보며 말했다.

"나 네 방 구경하고 싶다."

택시는 바로 잡히지 않았다. 연말인 데다 눈까지 오니 설상가상이었다. 어렵사리 차 한 대를 불러 세워 상수동에 있는 내 집으로 왔다. 우린 오래 굶주렸던 서로의 몸을 탐닉했다. 진작 이런 상황을 마주할 법도 했지만, 우리는 마치 일부러 그랬던 것처럼 길게 돌고 돌아와 서로의 존재를 끼워 맞췄다. 처음이었고 신비로웠지만, 오랜 연인처럼 능숙했다.

"머릿속에서 불꽃이 터졌어."

지애가 말했다. 타이난에서의 불꽃이 메아리처럼 내 머릿속에 맴돌았다. 나는 곧 깊은 잠에 빠졌다.

지애가 침대로 물 한 잔을 가져다주는데 소심이가 졸졸 그녀를 따라왔다. 어제 지애가 오자마자 소심이는 그녀를 알아보고는 그녀 곁에서 떠나지 않았다. 소심이에게 그녀는 본능으로 끌리는 그 무엇인 것 같았다. 나는 침대 안으로 지애와 소심이를 끌어들여 안고 그녀의 이마에 입을 맞췄다.

"이거 뭐야? 여자 둘을 한꺼번에 밝히겠다는 거야?"

"그런데 지애야, 나 김광석을 만났어."

"김광석? 가수 김광석?"

"응, 가수 김광석. 타이난에서, 그저께 마지막 날 모임에서 그를 만났어. 김광석이 나를 기다리고 있었어. 김광석이 말이야……그리고 노랠 했지. 네가 좋아하는 〈말하지 못한 내 사랑〉도 부르더라……"

"무슨 소리야? 환상을 본 거야, 대만에서? 거기 귀신 많다더만, 김광석 귀신이 거기까지 간 거야? 너 술 많이 먹었었구나……?"

"아니. 클레가 김광석을 만나게 해주려고 나를 대만까지 불러 납치했어."

"아니, 얘가…… 김반! 넌 거기 출판기념회로 간 거야. 네 소설 대박나서 대만에서 중국어판으로도 출간했잖아. 타이베이에서 한 번, 타이난에서 한 번, 그렇게 두 번! 너 간단 토크하고 책 사인회하고 그러고 왔다고!"

"아냐, 클레가 분명히 날 그들의 기타 동아리 송년 모임에 초대했고, 거기 김광석이 있었어."

"송년 모임엔 갔겠지. 그런데 김광석은 없었다니까⋯⋯ 야, 김반! 정신 차려!"

지애는 멍해 있는 내 눈앞에 이게 몇 개로 보이냐며 손가락을 접었다 폈다를 반복했다.

"내 눈으로 봤어. 김광석이 '매일 이별하며 살고 있구나'를 읊조릴 때 클레가 눈물을 흘리는 걸⋯⋯"

"아이고, 말년에 김반에게 좀 기대어 살아볼까 했더니, 이렇게 심약해서야 어디 이 가녀린 몸을 믿고 맡기겠나?"

내 몸에 밀착해 있던 그녀가 나를 밀어내며 약 올리는 한마디를 던졌다.

"그런데 지애야, 넌 단 한 번 과거로 돌아간다면 언제로 돌아가고 싶니?"

"글쎄⋯⋯ 초등학교 1, 2, 3학년 때? 아무 생각 없이 살 때니까. 4학년이 되니 벌써 인생이 보이더라고."

"난 우리 기타 동아리 시절. 그때로 꼭 한 번 가보고 싶어."

"노래한다 핑계대고 맨날 술 처먹고 서로 삐지고 틀어지고⋯⋯ 뭐가 좋아, 그게?"

"그땐 순수했잖아."

"나이가 몇 갠데 아직 순수 타령이냐?"

"우린 김광석 세대잖아. 그와 비슷한 시대에 태어난 게 불행이야. 난 사실 철들고 싶지 않았는데, 그의 노래가 철들어야 한다고 계속 속삭였지. 그리고 철든 대가로 세상 눈치 보며 지금까지 이렇게 줏대 없이 살아왔잖아."

철드는 가장 좋은 방법은 철들지 않는 것이다. 우리는 이십대에 순수했었다. 그때가 우리가 인간임을 자각할 때였다. 철들며 우리는 허접한 악마 흉내를 내기 시작했다. 세상이 흉흉하다고 늘 툴툴댔지만, 알고 보니 우리가 흉물이었던 것이다.

"아침 댓바람부터 이게 무슨 소린고……"

지애가 내 가슴에 입을 맞췄다. 입을 맞추며 올려다보는 모습이 무척 귀여웠다. 우린 마흔아홉이었다. 내년이면 쉰이다. 쉰 즈음도 마찬가지다. 여전히 그저 매일 이별하고 살아야 한다. 잘 살 자신도 없고, 그렇다고 죽을 수도 없다.

미스 디쎔버

클레에게서 문자가 왔다. 한국에 무사히 잘 돌아갔느냐는 인사와 함께, 그날 내가 노랠 불러준 것에 대해 다시 한 번 감사드린다는 것과 그 감동이 아직도 사라지지 않는다는 내용이었다.

'〈서른 즈음에〉를 부르실 때, 저도 모르게 눈물이 나더군요. 저역시 힘들게 이십대를 살아내고 서른을 맞이할 즈음 많이 혼란스러웠어요. 이제는 매일 이별하는 일에 어느 정도 익숙해졌지 만…… 그날 처량했고, 아팠고, 그러나 아름다웠던 이십대의 기억 하나하나가 쏟아져 내리면서 저는 거의 폭발할 것 같았어요.'

나는 그날 노랠 부른 기억이 없었다. 그녀가 불렀다고 하니 믿는 수밖에…… 내가 노래를 불렀다고 하는 그날 밤부터 내 방에서 잠을 깬 오늘 아침까지의 이틀은 과거와 현재가 중첩되어 있는 인터스텔라 같은 시공간이었다. 클레와 나는 국적을 가진 인간을 버리고 지구라는 별에서 우연히 만난 사피엔스라는 종으로 그 시공간에 남아 있었다. 나는 클레에게 보낼 답문자를 썼다.

'엊그제 일인데 벌써 몇 년 전 얘기 같군요. 클레 씨와 저는 전생에 연인이었을 것 같단 생각을 잠시 했습니다. 아니, 우리가 이십대에 만났으면 그리 됐을지도 모르지요…… 저를 제 인생의 가장 소중했던 순간으로 초대해주서서 감사드립니다. 몸은 떠나 왔지만 철모르는 마음은 아직 그곳에 있습니다.'

잠시 보낼까 말까 망설이다가 send 버튼을 눌렀다. 이제 이 몇줄의 문자도 다시 오지 않을 영원한 과거로 날아갔다. 이 문자와도 이별해야 한다.

나는 나만이 알고 간직할 클레의 닉네임을 지어주고 싶었다. 12월에 만난 그녀는 미스 디쎔버Miss December. 그리고 그녀와 함께한 2017년 12월 24일을 나는 무척 그리워할 것이다. 미스 디쎔버.

지도가
지구를
덮은 날

1

2019년 3월 2일 오전 11시 40분 백두산이 터졌다. 정확히 말하면 잠잠하던 마그마가 천지를 뚫고 솟아올랐다. 1702년 이후 317년 만에 용암을 쏟아낸 것이다. 이 내용이 알려지고 전파된 것은 한 개인의 페이스북 타임라인을 통해서였다. 직접 찍었다고 올린 사진에는 저 너머 천지에서 시뻘건 쇳물 같은 용암이 하얀 눈 위로 흘러내리고, 화산재와 수증기가 뒤엉켜 주변을 뒤덮고 있었다. 사진에 장백폭포가 잡힌 것으로 보아 한상수라는 이름의 이 남자는 백두산을 오르는 세 가지 코스 중 북파 코스를 타고 천지로 향해 가다가 폭발 순간을 마주한 것 같았다. 타임라인에 적힌 글은 다음과 같았다.

'한마디로 경악과 경이로움이 함께한 순간이었다. 엄청난 굉음과 함께 불꽃이 튀어오르는 모습은 무서우면서도 황홀했다. 유황가스 냄새가 천지에 진동했고 그 냄새에 정신을 잃을 정도였다. 생애 처음 찾은 백두산이 나를 맞이하려 용암을 분출할 줄이야! 겨우 사진 몇 장을 건지고 긴급히 대피해 내려왔다. 입산금지 기간인지라 사람이 없어 인명 피해가 없는 게 그나마 다행. 이건 뭐 거의 특종 중에 특종을 건진 셈. 인생에 단 한 번도 마주치기 힘든 이런 상황이 내게 닥칠 줄이야……!'

그의 타임라인에는 즉시 댓글이 줄줄이 달리기 시작했다. '한상수 단독관람! 대단하다!', '야, 이거 실화야?', '풍계리 지하 핵폭발 실험의 영향……?' 등 비교적 친근해 보이는 주변 인물의 댓글부터, '입산금지인데 어찌 가셨나요?', '이번 5월에 가려고 계획 세웠는데 갈 수 있을까요?', '폭발 순간의 셀카가 없는 게 아쉽네요' 등 별 친분은 없이 온라인상에서 알게 된 듯한 사람들의 댓글까지 그야말로 용암 터지듯이 흘러나왔다. 불과 한 시간 만에 900개 가까이 되는 댓글이 달리고 1000개가 넘는 '좋아요'를 받았으니, 그의 페이스북 친구가 1200명 정도 되는 것을 감안하면 대다수의 페친이 관심을 보인 셈이다. 게다가 그의 페친들이 공유 버튼을 눌러 다단계 판매망처럼 퍼져 나간 사실까지 고려한다면 이 사건은 단연 3월 2일의 톱뉴스였다. 왜 아니겠는가. 인간이 달에 가서 성조기를 꽂은 사건의 임팩트에는 비교가 안 될지 몰라도 국정농단 뉴스로 2년 넘게 시달려온 대부분의 사람들에겐 정말 신선한 충격이 아닐 수 없었다.

백두산 화산 폭발 소식이 더더욱 급물살을 타고 퍼져 나간 데는 일부 인터넷 신문들이 앞다투어 이 사실을 보도했기 때문이다. 대부분이 정확한 팩트 체크 없이 일단 써대고 보는 신문들이었다. 그들이 언급한 근거라고는 백두산에 여행 갔던 한상수의 목격담이 전부였다. 한상수에게 연락을 취해 사실 여부를 확인해보지도 않고 급조한 기사라는 느낌이 역력했다. 그들은 '일단 (특종을) 터뜨린다. (사실이) 아님 말고'라는 사명을 띤 신문사들이었다. 그곳의 기자들은 허세와 후안무치로 밥벌이를 하는 인간들이었다.

한상수는 자신이 올린 타임라인의 게시물에 폭발적인 관심이 쏠리는 것을 보고 마음이 흡족했다. 보시기에 아주 좋았다. 원했던 것 이상의 반응을 얻었기 때문이다. 그가 생각한 방향으로 진도를 빼는 데는 전혀 무리가 없어 보였다. 전직 인터넷 신문 기자였던 그는 당시 기사를 써댈 때도 누려보지 못한 관심의 홍수에 이 상황이 사실 같기도, 환상 같기도 했다. 그러나 그것이 사실인지 환상인지의 여부는 중요하지 않았다. 백두산 폭발은 그가 지어낸 페이크였기 때문이다.

백두산 폭발이 사실이 아니라 한 미치광이가 지어낸 페이크일 가능성이 높다는 글이 페이스북에 등장한 것은 한상수가 글을 올린 지 반나절도 채 되지 않아서였다. 같은 신문사에 근무하던 동료가 사진을 꼼꼼히 들여다본 후 그것이 제법 정교한 포토샵 작업에 의해 합성된 것임을 밝혀냈기 때문이다. 이미 온 국민이 사립탐정이 된 시대다. 마음만 먹으면 한 사람의 신상을 터는 것은 시간문제다. 국정원이 따로 필요 없는 시대다.

이후 한상수의 페이스북 타임라인에는 그가 올린 사진이 진짜입네 가짜입네 하는 갑론을박이 오고갔다. 그날 밤 늦게 한 사진 전문가가 등장해 백두산과 그것을 둘러싼 용암과 화산재 등의 요소들이 같은 앵글에서 찍히지 않았으며, 빛이 반사되는 모습이 일정치 않다는 등의 근거 있는 논리를 조목조목 대면서, 이 사진은 조작된 것이고 백두산 화산 폭발은 페이크 뉴스라는 사실이 최종적으로 입증됐다. 페이스북은 갑자기 한상수를 욕하고 물어뜯는 글들로 도배됐다. '이름을 거꾸로 하니 수상한이네. 이 수상한 놈은 뒈체 어디서 굴러먹던 놈이야?', '신상털기 들어갑니다~', '국민농단이네, 이건. 최순실 옆방에서 콩밥을 물리도록 드셔야 할 텐데……' 한편으로는 '이 지루하고 더러운 세상에 그나마 판타지를 선사한 것이니 그러면 된 거 아냐?', '페이크 뉴스는 정치인들이 더 많이 지어내지 않나? 돌을 던지려면 여의도로 던져!'라는 식의 한상수를 옹호하는 팬덤도 생겨났다. 그러나 한상수는 이미 그런 결과까지 예측한 것이었기에 오히려 지들끼리 찧고 까부수는 설전이 오가는 것을 느긋하게 즐기고 있었다. '이런 식으로 판을 깔기만 하면 돼. 단 그 판이 이놈 저놈 뛰어들 만큼 섹시해야지……'

2

　　다음 날 아침 한상수는 다시 페이스북을 열었다. 여전히 댓글의 릴레이가 진행 중이었다. 한상수는 적잖이 놀랐다. 자신이 상상했던 것 이상으로 파급이 컸기 때문이다. 이제 대중이 미끼를 물었으니 빠져나가지 못하도록 미늘로 꿸 차례가 됐다. 그는 미리 생각해두었던 2단계 작전에 들어갔다. 타임라인에 자신의 입장을 천명하는 글을 올렸다. 본격적인 페이크 뉴스 시대를 여는 선언문 같은 것이었다.

　　'우선 백두산 폭발이라는 페이크 뉴스를 올려 잠시 많은 분들을 당황케 한 것에 사과드립니다. 제가 표방하는 것은 페이크 뉴스가 시대의 키워드가 된 지금 일부 언론이 양산하는 찌질한 페이크 뉴스가 아닌 품격 있는 페이크 뉴스를 제공하는 것입니다. 사실 저는 백두산에 한 번도 가본 적이 없습니다. 그런데 백두산 폭발이라는 실감나는 페이크를 휘둘렀습니다. 그런데 이것이 도널드 트럼프 근처에도 안 가본 사람들이 그에 대해 장광설을 늘어놓는 것과 무엇이 다른가요? 그들의 말을 들어보면 마치 트럼프 옆집에 살고 있는 사람처럼 느껴집니다.

어차피 우리는 무엇이 진실이고 무엇이 페이크인지 구분이 가지 않는 시대에 살고 있습니다. 본격적인 AI의 시대에 돌입하여 인간 지능이 인공지능에 위협을 받게 될 즈음엔 정말 우리는 우리 존재 자체가 페이크라는 인식에 도달하게 될지도 모릅니다. 그 상황에 대처하기 위해 우리는 미리 백신을 맞아두어야 하지 않을까요? 정치인들이, 언론인들이, 밥 먹고 댓글만 다는 댓글 폐인들이 만들어내는 찌질한 페이크가 아닌, 허구와 현실이 뒤섞인 이 사회의 괴물 같은 모습을 비추는 그런 고차원의 페이크 백신 말입니다.

오늘 아침 저는 페이스북 담당자로부터 다시 한 번 근거 없는 페이크 뉴스를 올리면 계정을 강제로 박탈하겠다는 메일과 문자를 받았습니다. 그만큼 저의 신선한 페이크 뉴스가 큰 반향을 일으킨 모양입니다. 저는 지금 무척 즐겁습니다. 진실이 승리한다는 케케묵은 언설 따위는 개나 줘버립시다. 저는 물러서지 않을 것입니다. 그러기 위해서는 여러분의 응원이 절실하게 필요합니다.

저는 지금 이 시간부터 개인 계정이 아니라 페이크 뉴스를 공식적으로 표방하는 페이스북 팬 페이지를 만들어 그곳에서 열심히 페이크를 생산할 것입니다. 그 놀이에 여러분도 동참해주시길 바랍니다. 페이지의 제목은 '지지덮', 즉 '지도가 지구를 덮다'입니다. 페이크가 실체를 대신한다는 메타포지요. 이 말은 눈이 멀었어도 세상의 저 끝까지 볼 수 있었던 현자 보르헤스의 생각에서 빌려왔습니다. 자, 이제 저의 지지덮 세상에서 푸짐한 페이크 뷔페를 즐겨보시지요. 한상수 올림.'

그는 대놓고 페이크 왕국을 건설하기로 한 것이다.

한상수가 다니던 신문사에 자의 반 타의 반의 사표를 낸 것은 특종에 대한 그의 도를 넘은 열정 때문이었다. 그가 몇 건의 특종을 건져 잠시 신문사의 이름을 세간에 오르내리게 한 적도 있었지만, 사후 팩트 체크 결과 상당수가 사실처럼 느껴지는 픽션이었다는 사실이 밝혀졌다. 그에게 팩트는 상상력을 자극하기 위한 기본 재료일 뿐이었다. 팩트에 기반하되 팩트대로 쓰는 법이 없었다. 경험을 바탕으로 하되 경험을 그대로 옮기지 않는 소설 같은 것이었다. 신문사 입장에선 그를 옹호해주는 것에도 한계가 있었다. 한상수와 신문사를 상대로 수없이 많은 고소장이 접수됐다. 언론중재위원회에 가장 많이 드나든 기록을 세운 자가 한상수였다.

결국 한상수는 물러났다. 자의로 물러선 것은 간섭받지 않고 자신의 페이크 왕국을 건설하고 싶어서였고, 타의에 의해 물러선 것은 동료들이 그를 완전히 왕따시켰기 때문이었다. 한마디로 그의 동료들은 한상수라는 사이코패스와 한 공간에 있는 것을 못 견뎌 했다. 한상수는 오만하고 거리낌 없었다. 누구의 충고도 듣지 않았기에 그가 신문사에 근무하는 시간이 길어질수록 신문사의 질서는 무너져 내릴 수밖에 없었다. "선후배 동료 여러분, 기자가 약장수 하던 시대는 갔습니다. 이제 기자는 약쟁이여야 해요, 독한 약쟁이." 그가 신문사 문을 박차고 나가며 던진 최후의 일성이었다.

이후 한상수의 지지덮 페이지엔 그가 올린 독한 페이크 뉴스에 중독된 팬들이 기하급수적으로 늘었다. 몇 천만 명이나 되는 레이디 가가의 페이스북 팔로워에 비할 수는 없지만, 몇 천 명에서 시작됐던 팔로워 수가 일주일 만에 5만 명을 넘어섰고 근래에 100만 명에 육박했다. 페이크 뉴스를 가려내고 사실 여부를 진단하는 팟캐스트 프로그램에서도 지지덮은 단골 고객이었다. 단시일 내에 이런 성공이 가능했던 것은 그가 생산한 페이크 뉴스는 누가 봐도 페이크라 느껴지는 그런 뻔한 뉴스가 아니었기 때문이다. 어느 정도는 일반인도 인식하고 있는 사실에서 시작하되 클라이맥스 부분은 교묘하게 페이크로 치환되는 내용이었다. 사실과 페이크 사이를 아슬아슬하게 오가는 그런 알쏭달쏭 뉴스들이었다. 오리지널 디자이너도 판별이 쉽지 않은 짝퉁 베르사체 같은 것이었다.

예를 들면 사람들은 백두산의 화산 폭발이 근 미래에 일어날 가능성이 있음을 이미 알고 있었다. 북한 풍계리의 지하 핵폭발 실험이 마그마를 자극하여 용암 분출로 이어질 수 있다는 언론 보도가 몇 차례 있었기 때문이다. 그래서 어느 날 페이스북에 생생한 화산 폭발의 사진이 올라왔을 때 사람들은 의심 없이 사실이라고 믿었다. 사람들은 자신이 페이크에 속았다는 사실에 분개하기도 하지만, 속아 넘어가게 만든 페이크의 묘미에 중독되어 쉽게 단절해버리지 못하는 이중 태도를 가지고 있다. 한상수는 페이크의 그 중독성을 교묘하게 이용했다.

한상수의 수상한 페이크 뉴스는 폭주 기관차처럼 달렸다. 몇 가지만 예를 들어본다면, 미국의 섹스 심벌 킴 카다시안이 사실은 10년 전에 한국에 와서 엉덩이 성형수술을 받았다는 기사와 같은 연예계 소식에서, 30년 후엔 알약 하나를 삼키면 해당 분야 지식이 송두리째 암기된다는 의학계 소식, 기업가이자 혁신가인 일론 머스크가 머지않아 소행성의 땅을 분양한다는 과학계 소식, 도널드 트럼프가 숨기고 있지만 심장계 지병이 있다는 정치계 소식에 이르기까지 그가 생성해내는 페이크 뉴스는 사람들의 이목을 집중시키기에 충분한 독한 내용들이었다. 각각의 이야기들에는 킴 카다시안의 의료 기록, 알약에 대한 과학적 이론이 담긴 논문, 일론 머스크의 메모가 적힌 수첩, 그리고 트럼프가 가슴을 쥐어짜듯 붙잡는 동영상 등이 근거 자료로 실리면서 페이크 뉴스의 지평을

넓혀갔다.

　순식간에 지지덮은 사람들 사이에서 어디까지가 진실이고 어디까지가 허구인지 알아맞히는 놀이터로 자연스럽게 진화해갔다. 한상수는 그런 면에서 소셜미디어의 생태계를 제대로 알고 있는, 그 방면의 프로였다. 어느덧 사람들 사이에서 지지덮이 업데이트되기를 기다리는 일이 일상이 되기 시작했다. 그의 지지덮 페이스북 페이지는 손석희의 뉴스룸만큼이나, 김어준의 뉴스공장만큼이나 팬층이 두터워지기 시작했다. 한상수는 세상을 창조한 조물주가 이런 뿌듯함을 느꼈을 것이라는 생각을 했다. 이제 한상수는 자기 마음대로 한 세상을 창조했다 허물 수 있는 극강의 존재가 되어버렸다. 동시에 과도하고 뒤틀린 사명감에 불타올랐다.

3

　"야, 상수야. 넌 그 페이크 뉴스의 소스를 어디서 얻냐?"

　모처럼 참석한 고등학교 동창과의 술자리에서 고3 때 그의 짝이었던 기철이 물었다. 강남 세브란스 병원 근처의 닭발과 꼼장어구이가 전문인 허름한 술집이었다.

　"기자 생활하면 말이야, 느는 게 술하고 취재원이야. 정보원이 사방에 있는 셈이지. 좀 있어 보이는 말로는 짱짱한 네트워크. 게

다가 정보 물어다 주는 찌라시 문자도 불나게 들어오고. 찌라시 문자 보면 대한민국은 정말 롤러코스터민국이란 게 느껴져. 뭔 사건과 가십이 그리 많은지. 그것도 모두 독한 걸로."

"그런데, 거짓말 써대는 거 양심이 찔리지는 않냐, 솔직히?"

매콤하게 버무려진 닭발을 씹으며 기철이 재차 물었다.

"야! 소설 쓰는 글쟁이들과 다를 게 뭐냐? 소설 다 썰이잖아."

"그래도 소설은 허구라는 장르에 속하는 거니까 허구를 만들어내는 게 허용되지만, 적어도 뉴스는 사실에 기반해야 되는 거잖아."

기철 옆에서 귀를 기울이던 영배가 거들었다.

"야, 이 구닥다리들아, 너네 그 기사 봤어? '긴 가스관이 북한에 형성 중이다. 유감이다'라고 트럼프 대통령이 자신의 트위터에 올린 내용을 기사로 받아쓴 거. 나는 북한이 본격적인 전쟁 준비라도 하는 줄 알았어. 걔네 땅굴 파는 데 귀신이잖아. 그래서 북한이 전쟁에 대비한 긴 가스관을 매설하고 있는 줄 알았지. 당연히 그 사실을 쉽게 믿어버린 거야. 그런데 트럼프의 트윗 내용인 'Long gas lines are forming in North Korea. Too bad!'는 '북한 주유소에 사람들이 길게 줄을 서 있다. 참 안됐다'라는 의미였고, 북한에 석유가 모자라 주민이 힘들 것이라고 트럼프가 비아냥대는 거였거든. 뉴스의 허브라 할 수 있는 통신사의 수준이 이 정도니, 그것도 외신을 다루는 부서의 수준이 이 정도니, 게다가 한창 예민한 미국과 북한의 문제를 다루는 수준이 이 정도니…… 그 기사는 페이크에도 못 미치는, 페이크에 먹칠하는 창피한 뉴스였지."

한상수는 답답함의 갈증을 해소라도 하려는 듯 소주 한 잔을 한번에 털어 넣곤 말을 이어갔다.

"트럼프는 자신의 즉흥적이고 직관적인 생각을 트위터에 올리잖아. 개인 트럼프의 신변잡기가 아니라 미국 대통령으로서 전 세계 정치, 경제, 문화에 대한 생각을 말하잖니. 그래서 트럼프의 트윗이 중요한 거야. 트럼프는 트위터가 뭔지 잘 알아. 트위터 초창기부터 그걸 자신의 홍보용으로 활용했거든. 그렇다면 매번 트럼프가 트윗을 날릴 때마다 그 내용의 진의가 무엇인지, 어떤 맥락의 발언인지를 주의 깊게 살펴보아야지. 그게 외신 기자가 해야할 몫 아니겠어?"

"그런 뉴스가 있었어?"

"야, 야, 너네 대졸에 군필이면 지식인 아니냐? 좀 읽고 보고 듣고 살아라."

"군필이 뭐 지식인이야. 지식인도 잡것으로 만드는 덴데."

"암튼 내 말은 요즘엔 소설과 언론 기사 사이에 구분이 없단 거야. 둘 다 설과 썰 사이를 왔다 갔다 한다는 거지. 게다가 우리의 인생 자체가 구라로 가득 찬 허구잖아. 우리가 언제 제정신으로 산 적이 있었니? 너네 가슴에 손 얹고 생각해봐. 너네 정직했어? 거짓말 밥 먹듯 했잖아, 하얀 거짓말이건 새빨간 거짓말이건. 늙

는다는 건 거짓말의 나이가 는다는 거야."

"하긴 위기를 벗어나는 덴 거짓말이 먹히지. 나중에 뽀록이 날지라도 일단 아니라고 우기고 본다가 철칙이잖아. 와이프가 호텔 방문 열고 들이닥쳐도 안 집어넣었다고 끝까지 우겨야 한다는…… ㅍㅎㅎ."

"꼭 예를 들어도 지 같은 구닥다리를 끌어들여요……"

술자리는 그런 시답기도 하고 시답지 않기도 한 얘기들로 갈지자를 걷다 끝이 났다. 확실히 한상수는 이전보다 많이 변해 있었다. 교주처럼 굴었다. 설교하고 가르치려 들었다. 100만의 성도를 거느린 교주의 아우라가 가득했다. 그는 단정적으로 떠벌렸지만, 그렇다고 틀린 말을 하는 것도 아니었다. 그래서인지 모두들 한상수를 딱히 좋아하지도 않았지만 그렇다고 대놓고 싫어하지도 않았다. 사실 뭐가 진실이고 뭐가 구라인지 잘 분간이 가지 않았다.

"상식보다는 비상식이 통하고 정도를 걷다간 꼼수 부리는 놈한테 당하는 그런 세상 아니냐, 지금이…… 우리가 초등학교 때부터 배운 정직한 어린이, 참된 어린이, 이런 게 어디 먹히는 세상이냐고. 그거 다 허구야. 이 세상은 말이야, 다 구라야, 구라. 김구라 그 친구 이름 참 잘 지었어. 구라 하나 갖고 먹고살잖아."

술집을 나와서도 한상수는 한 방을 날리고 있었다.

4

한상수의 기사가 큰 파문을 일으킨 것은 그가 어느 연예인의 가십을 다뤘을 때였다. 지지덮의 열독률이 떨어져 한 번쯤 극약 처방이 필요하다 싶으면 한상수는 오버의 수위를 좀 더 높였다. 이번에 그가 기사의 소재로 삼은 것은 지금 가장 잘나가는 대세 아이돌 아이리스에 관한 내용이었다. 중학생 때 아이돌이 되고 싶어 대형 기획사 MS에 들어간 그녀는 아이돌 그룹 '미래소녀'의 일곱 멤버 중 하나였다. 그녀는 멤버 중 연장자여서 샘 많은 다른 멤버들을 잘 다독거리는 맏언니 역할을 했다. 메인 보컬에 춤도 잘 추었기에 공연 때는 맨 앞에 나서 나머지 동료들을 리드했다. 각종 연예 프로그램에 그룹 대표로 얼굴을 자주 내밀었고, 드라마에도 캐스팅되어 연기도 제법이라는 평을 듣곤 했다. 천사표 같은 얼굴에 봉사 활동에도 적극적이어서 어떠한 안티도 존재할 것 같지 않은 그런 아이돌 스타였다.

그런데 보름 전쯤 그녀에 대한 악성 기사와 악플이 미디어를 도배했다. 그녀가 프로 야구선수 김영수와 호텔에서 나란히 나오는 것이 디스패치 기자의 카메라에 포착된 것이다. 그 자체만으로도 입방아에 오르내리기 좋은 가십인데, 그로부터 일주일 후 김영수가 마약 소지 및 복용 혐의로 경찰에 소환되는 더 큰 가십이 등장했다. 자연스레 아이리스도 그동안 그와 함께 마약을 복용한 것이 아니냐는 썰이 톱뉴스를 장식했다. '천사가 아니라 창녀였네', '아이리스에게 한참 기빨린 거 마약으로 버틴 거라네', '마약이 맺어준 인연, 감방으로 이어지는 기구한 운명' 등 입에 담지 못한 무차별 말 폭탄이 그들에게 던져졌다.

아이리스는 극구 부인했다. 그날 호텔에는 김영수와 함께 짝으로 특별 출연하게 된 새로운 예능 프로에 대한 얘기를 나누기 위해서 갔을 뿐이라는 것이었다. 당연히 양쪽 매니저도 동석했으나, 미팅이 끝난 뒤 매니저끼리 잠시 비밀스러운 얘기를 나눌 게 있어서 두 사람이 먼저 호텔에서 나오다가 카메라에 포착됐다는 것이다. 김영수도 같은 취지의 해명을 했다. 그러나 그 뒤에도 두 사람이 한 달 전쯤 청담동의 바에서 함께 술을 나누는 장면을 보았다는 둥, 상대방이 가장 좋아하는 노래가 두 사람의 핸드폰 신호음이라는 둥 의혹을 키우는 가십들이 계속 쏟아져 나왔다. 그리고 마침내 경찰 조사를 받던 김영수는 마약에 관련된 몇 가지 혐의가 입증되어 곧바로 구속되었다.

한상수가 이 상황을 절대 놓칠 리 없었다. 그는 〈배트맨〉 조커의 웃음을 씨익 웃으며 자판에 손을 얹었다. 2019년 6월 5일자 그의 지지덯 페이크 뉴스의 헤드라인은 다음과 같았다.

'아이리스 자택 욕실에서 목매어 숨진 채 발견.'

한상수는 자신이 헤드라인을 써놓고도 살짝 소름이 돋는 것을 느꼈다. 그동안 아이리스가 너무나 큰 심적 고통으로 정신과 치료를 받은 사실이 밝혀졌고, 아이돌 그룹에서 잠시 탈퇴해 조용히 시간을 보내며 두문불출했던 것도 사실이었다. 한상수는 당시 소셜미디어에 나돌던 말도 안 되는 가십까지 모두 그러모아 그녀가 자살한 이유를 다음과 같은 픽션으로 제시했다.

'극히 일부 지인들만 알고 있던 사실이지만, 그녀는 중학교 무렵 오빠로부터 성적 학대를 당한 트라우마를 가지고 있었다. 그 트라우마로 인해 그녀는 언제나 밝고 맑은 천사의 이미지를 내보이려고 의도적으로 애썼다. 그녀가 아이돌의 길을 선택한 것도 바쁘고 화려한 일상 속에서 그 트라우마를 잊고 싶은 자기방어기제에서 나온 것이라 생각된다. 그녀의 친한 친구들이 전하는 바에 의하면 그녀는 오빠와의 잘못된 관계 이후부터 심한 우울증에 시달렸는데, 특히 그녀가 고등학교 2학년 때 악마 같던 오빠가 교통사고로 급사하면서 증오와 동정이 섞인 양가감정의 우울증이 깊이 뿌리내렸다 한다. 그 와중에 최근 야구선수 김영수와의 염문설과 마약 연루설에 휘말리면서 그녀는 매일 쏟아져 나오는 기사와 악플에 시달렸고, 이 세상에서 가장 무섭고 거지 같은 게 언론과 소셜미디어라는 발언을 자주 했다고 한다. 또한 그녀가 여러 번 자살 사이트를 방문했다는 사실도 친구를 통해 밝혀졌다. 이러한 심리적 불안과 두려움이 그녀의 온몸과 정신을 지배하고 있을 때, 그녀의 연인으로 추정되는 김영수가 경찰의 집요한 조사 끝에 구속되면 자신 역시 뉴스에 계속 오르내릴 것이 두려워졌고, 그래서 아이리스는 김영수가 구속되기 하루 전날 자신의 집 욕조에서 목을 매어 자살한 것으로 추정된다.'

한상수는 send 버튼을 누르기 전 잠시 망설였다. 아무리 페이크 뉴스를 양산하는 페이지라 하더라도 남의 목숨을 가지고 장난하는 것은 심하지 않은가, 라는 자기검열기제가 갑자기 작동했다. 그와 동시에 페이크를 표방하는 페이지로 이미 자리를 잡았는데 무슨 문제가 있느냐는 자기합리화의 기제가 작동했고, 그 두 기제는 한상수의 마음속에서 치열하게 치고받다가 결국 send 버튼을 누르는 것으로 마무리됐다. 이제 아이리스라는 한 젊은 여성의 목숨은 한상수의 손을 떠났다.

한상수는 갑자기 이마 끝에서부터 미열이 오르기 시작했다. 곧바로 찾아온 극심한 갈증에 그는 냉장고를 열고 물을 찾아 벌컥벌컥 들이켰다. 베란다 문을 열고 담배 한 대를 꺼내 물려고 하는데 담배가 한 개비도 남아 있지 않았다. 한상수는 주섬주섬 옷을 챙겨 입고 담배를 사러 나섰다. 그러잖아도 바깥공기를 좀 쐬고 싶은 참이기도 했다.

수요일 오후 5시 가까이 되었는데, 다음 날인 6일이 현충일로 공휴일인지라 마치 금요일 오후인 것처럼 여유로운 느낌이 들었다. 한상수는 횡단보도에서 파란불을 기다리고 서 있었다. 단순한 빨간불 하나에 꼼짝없이 서 있다가 파란불이 켜지면 움직이는 자신이 갑자기 이상하게 느껴졌다. 질서 유지를 위해 약속된 기호이지만 단순한 신호에 그의 존재가 포박당하는 느낌이 들었다. 이 세상은 말, 그림, 신호 등 온갖 기호들이 그 잘났다는 인간의 이성을 통제한다. 한상수는 아이리스에게도 자신이 파란불 빨간불을 들이대며 그녀의 존재를 농락한 것 아닌가, 라는 생각이 들었다. 편의점에서 팔리아먼트 두 갑을 집어 나오는 내내 그의 머릿속에서는 파란불 빨간불이 번갈아 가며 깜박거렸다.

　집으로 돌아온 한상수는 지지덮에 어떤 댓글이 달렸는지 궁금했지만, 그날 하루만큼은 페이스북을 열고 싶지 않았다. 컵라면으로 간단히 저녁을 때우고 맥주 두 캔을 비우며 시답지 않은 TV 드라마를 시청하다 잠을 청했다. 그의 옆엔 일본에서 구입한 섹스돌이 누워 있었다. 고무 재질로 만들어져 실제 사람과 피부 질감마저 거의 비슷할 정도로 정교한 섹스돌이었다. 정말이지 완벽한 페이크였다. 그녀에게 한상수는 '아끼꼬'라는 이름을 붙여주었다. 일본 여친을 사귀는 느낌이었다. 한국어로 '명자明子'인 그녀는 이름이 뜻하는 것처럼 늘 밝고 맑았다. 그녀는 한 번도 그를 실망시킨 적이 없다. 그가 마음대로 조종할 수 있는 유일한 여자였다. 한상수에게 아끼꼬는 섹스돌이 아니라 반려돌이었다. 한상수는 아끼꼬를 품속 깊이 끌어안고 잠에 빠졌다.

5

다음 날 한상수는 힘들게, 아주 힘들게 잠에서 깨어났다. 잠을 제대로 자는 데도 체력이 필요하다는 말이 실감났다. 밤새 꾸리꾸리한 꿈에 시달렸는데 상세히 기억나지는 않았다. 누군가가 어디론가 끌려가며 살려달라고 비명을 질렀던 것 같았는데, 아이리스 같기도 했고 아끼꼬 같기도 했다. 기억이 나지 않아 더욱 기분이 나빴다. 귀신이 등장하지 않는 호러무비가 더 무섭듯이. 이런 날에는 아침을 같이 먹어줄 사람이라도 있으면 좋으련만, 한상수는 2년 전 이혼했고 그 이후로 만나는 여자도 없었다. 아끼꼬가 편했다. 그의 아내는 한상수에게 더 떨어질 정이 없을 정도로 바닥난 상태에서, 단지 결혼이라는 형식을 거쳤다고 그의 옆에 머물 이유가 없었다. 그녀는 "너 자신에게 좀 솔직해봐. 타인에게 진솔한 건 기대도 안 해!"라며 집을 떠났고, 이후 한 달 만에 둘은 합의 이혼했다. 한상수는 사실 그런 식으로 서로 끝장을 볼 것이라는 예감이 신혼 초부터 들었었다. "도대체 넌 어떤 인간이냐?"라고 아내는 물어댔지만, 사실 한상수 스스로도 자신이 누구인지 몰랐다.

"도대체 넌 어떤 인간이냐?"라는 질문은 사실 한상수가 스스로에게 묻고 싶은 말이기도 했다.

식빵에 땅콩버터를 바르고 커피 한 잔을 내려 아침을 대강 때우고 겨우 눈곱만 뗀 후 한상수는 책상에 앉았다. 그러고는 지지덮에 어떤 댓글이 달려 있을지 마치 대학 입학시험 합격 여부를 확인하던 것과 똑같은 심정으로 페이스북을 열었다. 그리고 한상수는 의자에 앉은 채 뒤로 쓰러질 듯 움찔댔다. 페이스북은 '아이리스 자택에서 숨진 채 발견. 자살로 추정'이라는 헤드라인 기사로 도배되어 있었다. 그가 전날 쓴 페이크 기사가 아니라 실제 죽음을 확인하고 작성된 언론사의 기사였다. 중앙일간지에서 찌질한 인터넷 신문에 이르기까지 모든 언론에는 그녀의 자살 사실을 알리는 기사와 한상수에 대한 댓글이 흘러넘쳤다. 그가 쓴 지지덮의 페이크 뉴스엔 '한상수 씨, 어찌 그녀의 운명을 미리 알았나요?', '결론적으론 당신이 자살을 사주한 거 아닌가요?', '레알 호러무비다!'와 같은 내용의 댓글이 무수히 달려 있었다. 순간 비행기가 상승할 때의 현기증이 몰려왔다. 피가 아래로 쏠리면서 머릿속은 하얘졌고, 속이 메슥거리면서 아침으로 먹은 식빵을 그대로 다 토해냈다. 그 후 한상수는 앉은 채로 멍하니 한 시간여를 보냈다. 자신의 페이크 기사에 대한 수습을 어찌해야 할지, 그 수많은 댓글에 대해 어떤 공식적인 입장을 취해야 할지 아무 생각도 어떤 대안도 떠오르지 않았다. 무엇보다 아이리스의 죽음을 어떻게 받아들여야 할지 생각이 정리되지 않았다. 내용이 기억나지 않는 어젯밤의 악몽을 이어 꾸는 것 같았다.

더 큰 문제가 같은 날 저녁 무렵 발생했다. 아이리스의 유서가 발견된 것이다. 후속 보도에 따르면 그녀의 유서엔 한상수를 언급하는 다음과 같은 내용이 담겨 있었다. 제법 긴 글이었다.

'지지덪에서 내가 죽었다는 기사를 봤다. 태어나서 지금까지 느껴보지 못한 이상한, 정말 이상한 기분이 들었다. 살아 있는 내가 죽었다는 기사를 보고 있다니…… 그런데 사실 나는 몇 주 전부터 이미 죽은 것이나 다름없었다. 언론의 근거 없는 보도가 이미 나를 죽였다. 김영수와의 육체적 관계? 마약? 너희들이 그 뚫린 두 눈으로 보기나 했나? 기사는 손가락만 있으면 쓸 수 있는 건가? 지금의 나는 이미 죽은 내가 살아 있는 행세를 하는 것이나 다름없다. 지지덪에 실린 나에 대한 기사는 거짓 기사지만, 내가 이미 죽은 몸이나 다름없다는 사실을 알게 해준 사실 기사다. 나는 그 페이크 기사가 페이크가 아니라 사실이라는 것을 입증하기 위해 죽기로 결심했다. 살아 있는 행세를 하는 것은 의미도 없고 할 짓도 못 된다.

지지덪의 기사 역시 쓰레기다. 그러나 진실인 양 근거 없는 기사를 써대는 언론보다는, 대놓고 페이크를 내세우는 지지덪이 내겐 진실로 느껴진다. 눈앞에선 아첨 떨다 등 뒤에선 악성 종양 같은 기사를 긁어대는 고귀하신 기자님들보다는, 처음부터 싸가지 없음의 본색을 드러내는 한상수가 그나마 낫다.

오해하지는 마시길. 내가 나의 결백을 주장하기 위해 죽음을 선택하는 것은 아니니까. 자신의 기사 한 줄이 한 사람을 죽음으로 몰고 가는 줄도 모르고, 아니 알면서도 그 놀이가 흥에 겨운 인간들과 같은 하늘 아래서 같은 공기로 숨 쉰다는 것이 참을 수 없었던 것뿐이니까.

어쨌든 페이크의 세상에서 한순간 잘 놀다 간다. 한평생 내게 남은 유일한 진실은 내가 태어났고, 지금 이렇게 죽는다는 것뿐이다.'

페이스북과 언론 보도에는 그녀의 유서와 함께 이를 미리 예견한 지지덮에 관한 기사와 멘션이 흘러넘쳤다. 한상수는 한순간 유명 인사가 되어버렸다. 페이스북의 팬을 중심으로 명성을 얻었던 그가 이젠 대한민국 전체의 스타가 되어버린 것이다. 예전 같았으면 그런 명성을 맘껏 누리고 으스댔겠지만, 한상수는 이겨낼 수 없는 괴로움에 사로잡혔다. 태어나 거의 처음으로 깊은 죄책감에 사로잡혔다. 진정으로 '나는 도대체 어떤 놈인가?'를 끊임없이 되묻고 되물었다. 연못에 장난으로 던진 돌이 개구리를 죽게 만든다는 이솝우화를 실화로 만든 장본인이 된 것이다. 메타포가 현실이 된 것이다. 정교한 지도가 지구를 덮어버린 것이다.

6

한상수의 핸드폰엔 수십 통의 문자와 받지 않은 통화 기록이 남겨져 있었다. 모두 알지 못하는 번호였고 대부분 기자들에게서 온 것이라 짐작됐다. 이보다 더 화끈한 기사거리를 어디서 찾을 수 있을 것인가. 페이크 기사가 최고로 핫한 아이돌의 자살을 예언하다니! 마침내 21세기의 시대 정신을 대변하는 엔터테인먼트와 페이크 양산 미디어와의 환상적인 콜라보가 이루어진 것이었다.

밖에서는 오피스텔의 벨을 누르고 문을 두드리는 소리가 연속해서 들렸다. 문구멍으로 내다보니 차림새가 백 퍼센트 기자임을 나타내는 한 남자가 서 있었다. 한상수는 소파에 돌아앉아 잠잠해질 때까지 꼼짝 않고 창밖만 응시했다. "계십니까? 저 연예신문 기잡니다. 아이리스 씨 사건과 관련해서 몇 가지 여쭙고 싶은데요……" 집 안에 한상수가 있다고 느꼈음인지 기자는 떠나지 않고 벨을 누르고 문에 대고 질문을 던지고를 반복하고 있었다. 불편하고 불안했다. 뭐라도 해야 했다. 한상수는 뭐에라도 집중하지 않으면 폭발할 것 같았다. 고개를 돌리니 서가에 꽂혀 있는, 1년 전에 사놓고 들춰보지도 않았던 소설책 『못생겨서 죄송합니다』가 한상수의 눈에 들어왔다. 아홉 글자의 책 제목이 손가락이 되어 범죄자를 지목하듯 그 자신을 가리키는 것 같았다. 한상수는 책을 이리저리 들추다가 마지막 장의 마지막 부분을 펼쳐들었다. 거기엔 마치 한상수를 기다렸다는 듯 다음과 같은 내용이 씌어 있었다.

'못생겨서 죄송하다는 언설은 다만 외모에만 한정된 것이 아닙니다. 생활고, 일상사의 갈등과 고통을 겪는 상황은 모두 못생긴 것입니다. 그러나 고통을 겪는 주체가 죄송하다고 말할 필요는 없습니다. 사람들은 그 고통과 불안을 드러내고 싶어 하지 않습니다. 하지만 이 사회는 그 고통과 불안을 들어주는 척하면서 그것이 드러나길 유도하고 입에 올리기를 즐깁니다. 소셜미디어는 그 유희를 더욱 증폭시키고 있죠. 초창기 폭넓은 네트워크의 확산과 소중한 정보의 빠른 공유라는 미덕이 있었던 소셜미디어는 이제 온갖 악의 분노가 차고 넘치는 하수구로 바뀌었습니다.

대한민국 사회는 사실 새디스트로 득실거리는 집단입니다. 남의 행복이 시기의 대상이 되어서는 안 되듯이 남의 불행이 가십의 대상이 되어서는 안 됩니다. 어쩌다 보니 저는 못생긴 걸 사죄 받아야만 직성이 풀리는 나라에 살고 있습니다.'

한상수는 자기가 바로 그 시기와 가십을 조장하는 일의 선봉에 섰다는 자책이 들었다. 어릴 적 엄마에게 거짓말을 했을 때 엄마의 입에서 "너 거짓말 하는 거지?"란 말이 튀어나오기 직전의 공포의 순간이 재생됐다. 가슴이 불안하게 뛰기 시작했다. 그 박동 소리가 방 안 가득 퍼지는 것 같았다.

좀 잠잠해졌다 싶어 문을 열어보니 문에 끼어 있던 쪽지와 기자의 명함이 발밑에 툭 떨어졌다. 언제라도 좋으니 마음 편하실 때 인터뷰를 하자는 내용이었다. 이런 젠장, 어찌 마음이 편해질 수 있단 말인가! 그는 상대방의 심적 상황은 1원어치도 고려하지 않고 뭔가를 얻어내기 위해 되는대로 상투적인 말을 뱉는 기자들이 경멸스러웠다. 자신도 기자 시절 그렇게 비춰졌을 거라는 생각을 하니, 또다시 똑같은 질문을 스스로에게 던지게 됐다. '한상수, 도대체 넌 어떤 인간이냐?' 그가 처한 이 모든 상황이 그가 줄곧 써대던 페이크 뉴스 같았다. 현실 같은 페이크를 만들어내던 그에게 페이크 같은 현실이 들이닥친 것이다.

기자가 물러간 것을 확인한 후 한상수는 간단하게 짐을 꾸려 집을 나섰다. 아끼꼬를 동반했다. 그녀는 믿을 수 있는 유일한 동반자였다. 그는 자신이 누군가를 납치해서 경찰의 추적을 따돌리는 액션무비의 주인공처럼 느껴졌다. 여자를 납치해 경찰과 대치했던 탈주범 지강헌의 전설적 스토리가 떠올랐다. '무전유죄 유전무죄'라는 명언을 내갈겼던 지강헌의 호기로움이 떠올랐다. 경찰에게 비지스의 〈홀리데이〉를 들려달라 요청했고, 그 노래를 들으며 유리조각으로 목을 찔러 자살을 시도했던 그의 비극적 낭만이 떠올랐다. 왜 하필 그 노래였을까? 〈홀리데이〉는 제목과 어울리지 않게 참으로 불안하고 불편한 느낌을 주는 곡이었다. 굳이 표현한다면 비 오는 날 감기약을 먹고 기분 나쁜 연옥의 잠 속으로 푹 빠지는 그런 느낌의 노래였다.

'페이크는 무죄야. 세상이 그렇게 만들었으니까……' 한상수는 택시를 잡아타고 남산 하얏트 호텔로 가는 내내 주문을 외듯 반복했다. 그러지 않고는 뇌파와 심장 박동까지 장악한 괴로운 망령을 떨칠 수가 없었다. 갑자기 핸드폰이 울렸다. 최승훈이었다. 전화를 잘 안 하던 친군데, 웬일일까…… 한상수의 이름이 기사에 도배되다 보니 안부가 걱정이 되었을 터였다. 한상수는 받을까 잠시 망설이다 그냥 무시해버렸다. 그는 한상수의 대학 동창으로 ROTC로 임관해 직업군인의 길을 걷는 육군 중령이었다. 권총을 쏴본 유일한 친구였다. 장교만이 권총을 소지하고 쏠 수 있으니까. 갑자기 그와 나눴던 대화가 떠올랐다.

"상수야, 너한테 권총이 있다면 어떤 용도로 쓸 거 같니?"

"권총이야 뭐 날 보호하기 위한 거니까 집에 강도가 들어왔을 때? 아니면 정말 꼴 보기 싫은 놈 있으면 그 꼴통에 대고 빵! ㅋㅋ ㅋ."

"그렇지? 그런데 네 일생에서 그런 일이 일어날 가능성이 얼마나 될 거 같아? 설령 집에 강도가 들어왔어도 네가 권총을 겨누고 쫓아낼 수 있을까?"

"흠…… 그러고 보니 한 번도 생각해본 적이 없네……"

"사실 권총을 실제 활용할 경우는 자살할 때야. 그게 가장 가능성이 높아."

정말 그럴 법한 말이었다. 자기 보호용 무기가 자기 살해용 무기로 쓰인다는 그 역설이 한상수의 머릿속에 들어와 박혔다. 지금 그 무기 한 자루가 그의 손에 쥐어져 있는 것 같았다.

　남산순환도로를 타고 올라온 택시는 한상수를 하얏트 호텔에 내려주었다. 그는 가장 높은 층의 방이 있느냐고 데스크 직원에게 물었다. 다행스럽게 20층의 리버뷰 방이 있었고 일단 일주일 동안 머물기로 했다. 한상수는 하얏트 호텔의 가장 높은 방에서 며칠이고 묵으며 글을 쓰는 게 소망 중 하나였다. 이런 식으로 그 소망을 이루게 될 줄은 그는 생각지도 못했다. 소망은 예견치 못했던 우연에서 이뤄지는 것 같았다. 돌이켜보니 그랬다. 간절히 원했던 것은 그가 기대했던 것이 아니라 전혀 예상치 못했던 것에서 툭 던져지곤 했었다.

　한상수는 짐을 풀고 가벼운 옷으로 갈아입고 냉장고에서 맥주를 꺼내 창가에 다가섰다. 이태원과 저 멀리 한강이 한눈에 보이는, 서울의 호텔 중에서는 가장 뷰가 좋은 방인 것 같았다. 기자들이 더 이상 문 앞에서 서성대지 않는다는 것만으로도 한상수는 마음이 한결 가벼워졌다. 죄를 지은 것도 아닌데 자신이 왜 이렇게 떠나왔는지 불쾌하기도 했고 한심하기도 했다. 자기가 살인교사죄를 지은 것도 아니지만, 암튼 기자들은 그런 방향으로 기사를 쓰기 위해 온갖 악의 섞인 유도성 질문을 해댈 터였다. 그는 창가에 기대서서 맥주 한 모금을 목 깊이 넘겼다.

　마음의 안정을 찾았으나 머릿속은 진공 상태였다. 아무 생각도 나지 않고 뭘 해야 할지 떠오르지도 않았다. 더 이상 지지덖에 페이크 뉴스를 쓰는 것도 불가능할 것 같았다. 한상수는 그날 하루는 아무 생각 없이 지내기로 마음먹었다. 유일한 위안이라곤 옆에 아끼꼬가 함께 있어준다는 것이었다.

7

　'상수야, 어떻게 된 거냐…… 전화도 안 받고, 집에 가도 없고……'

　다음 날 아침 한상수의 어머니에게서 온 문자가 남겨져 있었다. 세 통의 전화를 받지 않았다는 숫자도 남겨져 있었다. 한상수는 갑자기 문자가, 아니 글자 자체가 낯설어졌다. 자신이 누군가와 이런 기호로 소통하고 있다는 사실이 놀라웠다. 이런 기호로 그동안 참 많은 사람들을 힘들게 했고 속여왔다는 죄책감이 밀려왔다. 자음과 모음의 단순한 조합이 한 생명을 죽음으로까지 몰고 갔던 것이다. 그는 더 이상 핸드폰 자판에 손을 얹을 수 없었다. 말과 글이라는 기호를 완전 잊어버리고 그저 짖어대고 꼬리치는 개처럼 되고 싶었다.

뭐라도 해야 했다. 어쨌든 지지덮을 시작하고 키운 것은 자신이었고, 어떤 경로로든 커져가는 의문에 대한 대응은 해야 할 터였다. 방법은 떠오르지 않고 자책만 꼬리를 물고 이어졌다. 자책 사이사이로 어린 시절부터 지금까지 살아온 기억들이 하나둘씩 떠올랐다. 기억 하나하나 아름다운 것이 별로 없었다. 아버지가 일찍 돌아가시고 어머니 혼자 외동아들인 자신을 힘들게 키워온 나날들. 그럼에도 어머니를 무시하듯 대했던 10대 시절의 기억들. 병원에서 청소 일을 하던 어머니가 못마땅했고, 배우지 못해서 저런 직업을 가지고 있다는, 정말 철이라곤 한 푼어치도 없는 생각을 했던, 아름답지 않은 정도가 아니라 치욕적인 기억들이었다. 단순히 어머니에게 불효를 한 것이 아니라 어머니의 명예를 더럽힌 것이었다. 아무리 낮은 삶을 살았더라도 어머니에게도 명예가 있었을 거란 생각이 든 것은 한상수 자신에게도 놀라운 일이었다. 명예훼손이란 말은 혈족이 아닌 타인에게만 적용된다 생각했던 자신의 어리석음이 새삼 도드라지게 느껴졌다. 기자로 일할 때 그는 여러 번 명예훼손죄로 고소를 당했었다. 그렇게 익숙했던 단어의 의미가 이렇게 가슴 아프게 다가올 줄을 한상수는 알지 못했다.

"상수야 죄짓지 마라. 늘 회개하고 빨리 구원받아야 한다. 하늘로 올라갈 날이 얼마 남지 않았어……" 한상수의 어머니는 어쩌다 아들과 마주하면 늘 이 말을 남겼다. 이때만큼은 냉정하고 카랑카랑했다. 토씨 하나 틀리지 않는 반복재생에 한상수는 "지겨우

니 이젠 그만 좀 하세요!"라고 소리를 질렀지만, 어머니는 아랑곳하지 않았다. 어머니 눈에는 자신의 아들이 죄인으로 비쳐졌음이 분명했다. 죄라는 원자와 인간이라는 원자가 결합해 탄생한 것이 죄인이다. 원자와 원자가 결합하는 화학작용이 일어나려면 서로 강력하게 끌어당겨야 한다. 죄와 인간은 서로에게 미치도록 끌리는 조합인 것이다.

결국 태어나지 말았어야 할 놈이 태어난 것이다. 그렇다고 다시 어머니의 자궁 속으로 기어 들어갈 수는 없는 일이었다. 그럴 수만 있으면 그렇게 하고 싶었다. 다시 어머니에게서 전화가 왔고 한상수는 차마 받을 수가 없었다. 그는 짧은 문자를 남겼다. '엄마, 잠깐 외지에 출장 나왔어요. 돌아가서 연락드릴게요.' '미안해요'라고 덧붙이고 싶었지만, 그는 더 이상 자판을 누를 수 없었다. 그것 역시 위선이라 느껴졌다. 지금 느끼는 미안함은 물론 진심이지만, 그동안의 위선을 씻기에는 어림도 없는 사과였고 후회였다.

0

마침내 한상수가 내린 결정은 지지덮에 마지막 기사를 남기는 것이었다. 마지막 기사를 쓰기까지 마음먹는 데는 얼마간의 시간이 필요했다. 최후의 페이크 뉴스를 어떤 내용으로 장식해야 될지 생각이 쉽게 정리되지 않았기 때문이다. 그러나 일단 마음을 정한 후 기사를 쓰는 데는 망설임이 없었다. 그의 마지막 지지덮 기사의 헤드라인은 다음과 같았다.

'한상수 모 호텔에서 숨진 채 발견.'

딱 그렇게 한 줄만 남겼다. 더 많은 상상의 댓글이 달릴 터였다. 한상수는 목숨을 담보로 한 퍼포먼스의 순간에도 자신의 글에 수많은 댓글이 달리게 될 것을 상상하니 이상한 쾌감이 몰려왔다. 그것은 가학적이고 동시에 피학적인 쾌감이었다. 피학이 가학보다 더 큰 쾌감을 줄 수 있다는 사실을 한상수는 알게 됐다.

침대 옆 보조 탁자에 놓인 졸피드와 타이레놀 약통 두 개가 눈에 들어왔다. 그는 죽을 수도 있고 죽음 근처까지 갔다가 살아올 수도 있다. 아이리스가 한상수의 페이크 기사를 보고 죽음을 현실화한 것은 페이크의 승리였다. 마찬가지로 한상수가 죽든 살아나든 그가 자살이라는 이벤트를 기획한 것은 페이크가 현실을 농락한 꼴이 될 것이다.

비가 내리기 시작했다. 한상수는 다량의 졸피드와 타이레놀을 입에 털어 넣고 침대 깊숙이 몸을 집어넣었다. 유튜브에서 비지스의 〈홀리데이〉를 찾아 재생시켰다. '인형이 당신을 웃음 짓게 한다 하더라도If the puppet makes you smile'라는 가사의 끝이 희미하게 들릴 즈음 그의 의식도 가늘어졌다. 그는 지도가 지구를 완전히 덮어버리는 환상을 보았다. 완전한 페이크의 승리가 완결되는 순간이었다. 그의 옆에는 아끼꼬가 함께했다. 아끼꼬는 이 모든 혼돈의 상황에 대한 최초이자 최후의 목격자가 될 것이었다. 그녀는 한상수가 점점 깊은 혼돈의 잠 속으로 빠져드는 모습을 물끄러미 바라보고 있었다.

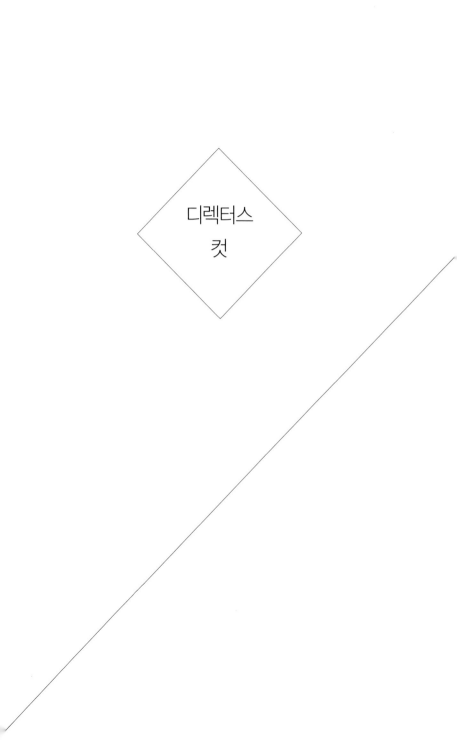

디렉터스
컷

2027년 4월

"2027년 4월 28일 제21대 대통령 선거가 일주일 후로 다가왔습니다. 7개 군소정당의 대통령 후보가 난립한 이번 선거에서 사회민주당 대표 이수열 후보와 위키당 대표 최인지 후보가 박빙의 승부를 겨룰 것으로 예상되나, 투표율은 사상 최저치를 기록할 것으로 전망됩니다. 무엇보다 이번 선거의 가장 큰 쟁점은……"

"야, 넌 누구 찍을 거야?"

"뭔데?"

"지금 방송 나오잖아. 대통령 선거 한다고……"

"나 먹고사는 데 대통령이 보태준 거 있냐? 새우 눈곱만큼 주지만 목숨 붙어 있게 해주는 알바 주인이 그나마 고맙지."

"새우 눈곱? ㅋㅋㅋ 보기나 했어?"

"고래 눈곱만큼만 받아봐도 소원이 없겠다. 그래봤자 눈곱이지만……"

"야, 그래도 우리가 태어나 처음 투표하는 대통령 선거 아니냐. 주권 행사는 해야지."

"주권 같은 소리 하고 있네. 우리한테 무슨 주권이 있어, 의무만 잔뜩 쌓여 있지. 아씨, 또 아버지가 투표하라고 난리치겠네. 빨리 독립해야 하는데…… 머니가 없어요, 머니가…… 그 많은 회사에서 내 이름 한 번 안 불러주네."

"야야, 나이 드시면 다 그런 거지 뭐."

"우리 아버지 유별나. 이제 그 힘도 없는 꼴통 보수 한민당에 아직 봉사하잖아. 말이 봉사지 소일거리 없으니 지역 당사 나가서 하루 죽치다 오시는 거지, 뭐……"

"얘기 들었어? 순석이 취직했다더라. 우리 친구 중에 유일해."

"어디에?"

"아마존."

"아마존? 거기 인간이 할 일이 있어? 머리 쓰는 일, 힘쓰는 일 전부 로봇이 하잖아. 웬만한 배송도 드론이 다 하고."

"브랜딩 관련해서 휴먼 인사이트 분석 인력이 필요했던 모양이야."

"자식 심리학과 잘 갔네."

"의도적으로 그 과 갔잖아. 게다가 데이터 마이닝을 복수 전공했고. 로봇이 대부분의 일은 하더라도 결국 타깃은 인간의 마음이니까."

과거에 전문가들이 계속해서 미래 사회를 휘어잡을 4대 산업 마피아로 아마존, 구글, 마이크로소프트, 애플을 꼽은 적이 있었다. 예상은 적중했다. 일론 머스크의 우주산업 스페이스X가 추가되어 5대 마피아로 커졌을 뿐. 구글과 아마존이 그중에서도 도드라졌다. USA가 United States of Amazon의 약자라는 조크도 돌았다. 세상은 구글과 아마존의 식민지라 해도 좋을 만큼 그들의 테크놀로지와 유통 메커니즘에 장악당했다. 마음만 먹으면 소행성 판매도 할 수 있는 파워를 가진 것이 그들이었으니까.

"에고, 난 취업엔 관심 없다. 그냥 딱 먹고살 만큼만 벌련다…… 정치에 관심 많은 넌 누굴 찍을 건데?"

"글쎄…… 최인지?"

"최인지? 어느 당에서 나온 정치인인데? 아이고, 됐다. 최인지건 김정은이건 난 정치에 관심 없네. 그나저나 이 식당 밥도 물린다. 어쩜 맛이 이렇게 365일 똑같냐?"

"로봇이 밥 제조하는데 뭘 더 바라냐? 심지어 밥알 개수까지 똑같을걸? 한번 세어봐."

표준화된 레시피로 컨베이어 벨트에 실려 나오는 음식을 물끄러미 바라보던 이상빈과 정무관이 푸념을 늘어놓았다. 인간이 조리를 하는 일명 셰프 식당에 가서 한 끼를 먹으려면 청년들이 벌수 있는 주급으로는 감당이 안 됐다. 해마다 인플레이션이 기록을 경신하며 물가가 치솟았다. 로봇이 인간이 해온 노동의 상당량을 대체하면서, 인간의 노동이 투여된 제품이나 음식 값은 그 이전에 비해 다섯 배 이상 뛰었다. '핸드메이드'는 정성스럽다는 의미보다는 최고급 제품을 일컫는 단어가 되었다. 인간의 일자리가 줄어들면서 인간의 품이 들어가는 업체끼리의 경쟁도 더 치열해졌고, 그러다 보니 최고의 퀄리티를 보장하는 곳만이 살아남았다. 그리고 그들은 비싼 가격을 책정하지 않으면 살아남을 수 없었다. 소수의 고객을 위한 고품격 고가 정책의 서비스를 판매할 수밖에 없었다.

거슬러 올라가보면 한국 사회에서 갑자기 AI 열풍이 불기 시작한 것은 2016년 알파고와 인간 이세돌의 바둑 대결에서 알파고가 압도적 승리를 쟁취한 후였다. 알파고는 크게 이기든 작게 이기든 어떤 방식을 취해서라도 이기게끔 데이터가 입력된 인공지능이었다. 애당초 인간 지능이 감당할 수 있는 수준이 아니었다. 사람들은 경악했다. 인간이 인공지능을 어찌 다룰 것인지에 대한 의제는 뒤로 숨고, 로봇이 인간의 일을 대체할 것이라는 불길한 예측만 난무했다. 부모들은 자식을 어떤 식으로 키울지 전전긍긍했다. 알파고라는 이름의 사설 학원이 무수히 생겨났다. 그러잖아도 교육열이 지나친 한국에서 모두들 코딩을 배우고 익혀야 할 것 같은 분위기가 형성되었다. 인공지능이 주제가 되는 언론 기사나 사람들의 대화는 잘 알지도 못하면서 거의 무조건적으로 디스토피아를 언급했다. 그때 언급된 디스토피아가 2025년이 지나면서 하나둘씩 현실이 되기 시작했는데, 막상 닥치고 보니 디스토피아라기보다는 그냥 새로운 현실이었다.

식사를 마친 두 청년은 음식 값을 치르기 위해 마이크로칩 인식기에 손등을 갖다 댔다. 몸에 삽입된 칩 하나로 일상생활의 모든 문제를 해결하는 시대가 됐다. 음식 값부터 교통비, 물건 구입 비용에 이르기까지 몸속에 이식된 칩으로 해결했다. 주민등록증을 대신한다는 의미에서 '주민칩'으로 명명된 이 칩은 그러나 사람들 사이에서 '주인칩'으로 불렸다. 칩이 주인이고 사람은 노예라는 의미였다. 계산을 할 때도 "주인님 불러!"라는 말이 농담처럼 쓰이곤 했다.

신용카드를 쓰던 시절에 그나마 가지고 다니던 지갑도 필요 없어졌다. 현금은 말할 것도 없었다. 조폐공사가 사라졌다. 어차피 화폐라는 것은 통화 시스템이 존재한다는 것을 눈으로 확인시켜 주기 위한 상징물에 지나지 않는다. 디지털 통화 시스템이 이루어진 이상 현금 보유는 의미가 없어졌다. 그러나 통화 정책과 통화의 유통 및 교환 시스템은 여전히 중앙정부의 엄격한 통제를 받고 있었다. 그것은 국민을 국가에 복종하게끔 길들이는 최후의 보루

이자 볼모였다. 칩 삽입은 법으로 강제되었다. 손등의 원하는 위치에 삽입하면 되었다. 삽입된 칩 주위로 타투를 하는 것이 유행이었다.

"위키당에서 청년들 대상으로 정책설명회 한다는데 안 가볼래? 일거리 창출에 대한 핵심 정책을 발표한다는데……"

식당 문을 나서며 최인지를 찍겠다는 이상빈이 정치에 도통 무관심한 그의 친구 정무관에게 하나 마나 한 제안을 했다.

"됐다. 난 집에 가서 장비 업그레이드해야 해."

"너 아직 제네시스에서 총질하고 노냐?"

"총질이라니? 악을 징벌하고 세상을 얻는 건데! 이 찌질한 현실보단 게임 속에서 내가 더 먹히거든!"

무관은 열세 살 때 봤던 스필버그의 영화 〈레디 플레이어 원 Ready Player One〉에 완전히 미친 후 더더욱 게임에 빠져들었다. 〈레디 플레이어 원〉은 그에게 바이블이었다. 몇 년 후 세계 최대의 게임회사 젬뱅Gambang에서 영화 속에 등장하는 게임 '오아시스'와 비슷한 '제네시스'를 출시하자 그는 매일 게임 속으로 출근해 그곳의 시민처럼 살았고, 게임 버전이 업그레이드될 때마다 그 역시 자신을 업그레이드했다. 마치 더욱 성숙한 시민이라도 되는 것처럼. 그는 제네시스 오타쿠였다.

"그거 열라 한다고 돈이 나오냐?"

"상빈아, 네가 게임을 모르니 그런 조선시대 얘길 하는 거야. 일단 함 해봐. 여러 개의 관문이 있는데 그걸 가장 빨리 통과하는 첫 세 사람에게 겜뱅의 주식을 나눠주거든. 사이버에서 돈 벌어 현실에서 쓰는 거야. 그리고 시즌별 최종 승자에게 겜뱅에서 일할 기회를 주지. 지금 시즌4니까 이미 3명이 그 회사로 취업했어."

"무관아, 그래도 한번 가보자. 처음 투표권 가진 사람 중에 추첨해서 프로젝터가 장착된 드론을 준다는데. 사실 나도 그거에 마음이 혹해서 가는 거지 뭐."

"그래? 그럼 당근 가야지! 그거 아마존 중고 사이트에 내다 팔면 한몫 챙기겠는데!"

"팔아서 뭐하게?"

"VR 헤드셋 바꿔야 해. 오큘리스가 자이스를 합병한 후 처음 내놓은 하이엔드 고글이 있거든. 이번에 삘이 좀 오는데 말야……시즌4에서 겁나게 해서 겜뱅에 취직하려구!"

D-60

"이번 투표율은 어느 정도가 될 것 같습니까? 가장 최근 데이터 입수했나요?"

매주 열리는 대통령 선거 전략회의에서 사회민주당 대표 이수열이 입을 열었다. 오전 10시 10분이었다. 이수열은 언제나 10시

10분에 오전 회의를 시작했다. V자 형태가 되는 시침과 분침이 승리의 V를 형상화한 모습이 되기 때문이었다. 일종의 미신 같은 습관이었다. 이날은 대통령 선거를 두 달 앞둔 시점이었다. 당내 핵심 참모들은 물론 외부 전문가들이 모여 조사 내용을 공유하고 전략을 수립하는 브레인 집단의 모임이었다.

"여전히 50% 이하일 것 같습니다."

여론조사를 담당하고 그것을 근거로 솔루션을 제공하는 커뮤니케이션 담당 보좌관 임정수가 대답했다.

"그 상황이 우리에게 유리한 건 아니지요? 젊은 층 투표율이 현저히 떨어진다는 것인데……"

"네, 그리 유리해 보이진 않습니다. 투표율 50% 이하라는 건 주로 40대 이상이 투표를 한다는 말인데, 그들이 특별히 사회민주당에 우호적이진 않아요. 그들의 중론은 현 정권 덕분에 정치 투명성의 기틀은 잡혔으나 살기가 어려워졌다는 거지요. 꼭 정치가 잘못되어서 그런 것이 아니지만 사람들이야 잘되면 제 탓, 안 되면 정치 탓 하니까요. 그들이 위키당에 관심을 보이는 것도 기술 문명을 내세우는 테크노크라트들을 적극 지지하기 때문은 아닙니다. 진보 정당의 10년 통치를 겪은 후 뭔가 새로운 메뉴를 맛보고 싶어 하는 눈치입니다. 여론조사도 보니 그런 이유더군요. 한마디로 '못살겠다, 바꿔보자'가 아니라 '심심하다, 바꿔보자'가 세태입니다. 이번 정권도 투명하게 잘 통치해왔지만, 뭔가 새로운 것을 보고 싶다, 대충 그런 분위기입니다."

"정확한 데이터 분석인 거죠?"

"네. 국내에서 데이터 분석에 가장 뛰어난 '데이터 타이드Data Tide'에서 내린 결론입니다. 여기 장수리 대표가 와 계십니다."

"네, 방금 소개받은 장수리입니다. 저희는 소셜미디어의 댓글은 물론 사람들의 행위 분석을 위한 모든 자료를 샅샅이 모아 분석했습니다. 연령, 성별, 경제력, 정치 성향, 종교, 학력, 해외 생활 유무 등 필요한 모든 분석 명령어가 입력됐습니다. 심지어 선호 음식까지 분석의 준거 틀로 활용됐습니다."

"음식은 어떤 이유에서입니까?"

이수열 대표가 신기하다는 듯 의자에 기댄 몸을 앞으로 일으키며 물었다.

"어떤 식당에서 어떤 음식을 먹었는지가 데이터로 다 잡히거든요. 그 자료를 토대로 그런 집단의 소셜미디어 멘션이나 댓글 취향을 보니 한국 음식보다는 외국 음식, 한 종류보다는 다양한 음식을 선호하는 층이 기술 문명과 같은 새로운 것을 추구하는 집단인 것으로 드러났습니다. 그리고 그들이 정치적 이슈에도 민감하게 반응하는 것으로 밝혀졌습니다."

"다양한 것을 선호하는 집단이 진보적이라는 사실은 상식적으로 유추할 수 있는 것 아닌가요?"

"네, 상식적으로 그렇습니다. 그런데 이 자료는 자기가 의도적으로 드러낸 성향이 아니란 것이죠. 가령 사람을 앉혀놓고 인터뷰를 하면 대부분의 사람들은 자신을 멋져 보이는 쪽으로 대변하게 됩니다. '나는 새로운 게 좋아요' 뭐 이런 식으로요. 그것은 신빙성이 없는 데이터지요. 그러나 그들이 즐기는 음식, 그들이 달아놓은 댓글 등을 토대로 분석한 것에서는 그들의 진심이 파악됩니다. 그래서 이 결과는 유추된 결과가 아니라 입증된 결과라 보시면 됩니다."

"흠…… 그럼 우리의 전략은 어떤 식으로든 젊은 층을 투표소로 끌어내고 그들을 우리 편으로 만드는 것에 맞춰져야 되겠군요."

"네, 그렇습니다. 지금 20, 30대, 특히 20대는 저번에도 말씀드렸지만 보수건 진보건 기존 정치 세력에 대해선 거의 무조건적 반대 세력이라고 보시면 됩니다. 그들은 조금이라도 올드한 느낌이 들면 이유 없는 반대를 하지요. 한마디로 '누가 더 신선하냐'가 그들이 표를 던지는 잣대가 될 것입니다. 지금 위키당에서 자신들이 대한민국 최초의 사이버펑크 집단이라 떠들어대는 것도 결국은 그들의 표심을 잡기 위함입니다. 사이버펑크는 과학과 기술을 통해 탈중앙집권화를 이루려는 하위문화 운동인데, 쉽게 예를 들면 해커가 사이버펑크의 대표적 상징이죠. 사실 최근 2, 3년 사이에 급부상한 위키당의 인물들을 보면 대개 IT 전문가들입니다. 그들이 갑자기 정치 세력을 규합하려는 의도가 조금 의아하긴 합니다. 그 핵심 인물인 대통령 후보 최인지가 아시다시피 해커 출신입니다. 엄청난 팬을 거느리고 있지요. 만약 20대가 투표를 하게 된다면 그에게로 쏠릴 가능성이 크다고 보시면 됩니다."

대통령 후보 이수열은 허공에 깊은 한숨을 내쉬었다. 그는 최인지보다 젊고 그 못지않게 전문성을 지닌 후보이다. 2020년 31세로 처음 국회의원이 된 후 2024년 재선에 성공해 현재 2선 의원을 지내고 있는 그는 지성과 패기와 포용력까지 갖춘 인물로 급부상했다. 이번에 대통령이 된다면 그는 대한민국 최초의 30대 대통령이 되는 셈이었다. 이수열이 최인지와 다른 점이 있다면 그는 테크놀로지스트가 아니라 보수적인 정치판에서 경력을 쌓아왔다는 것이다. 실제 초선 국회의원 시절 그는 아버지뻘 되는 국회의원이 물을 떠오라면 떠오는 시늉을 했을 정도로, 보수적인 정치판의 분위기에서 생존을 모색했다. 그가 젊은 나이에도 불구하고 정치 9단이 된 것은 눈치 10단이었기 때문이다.

이수열은 대통령 선거가 있기 1년 전 기존의 진보 정당을 탈당한 후 곧바로 더욱 진보적인 성향의 사회민주당을 창당하고 신선한 진보의 정치 문화를 선점하는 데 성공했다. 나름 정치계의 아이돌이었다. 그러나 문제는 다수의 젊은 유권자들이 정치판 자체에 관심을 보이지 않는다는 것이다. 그들은 국가와 사회에 관심이 없는 무정부주의자들이다. 각자가 하나의 왕국을 건설하고 거기서 나 홀로 잘난 세상을 누리길 원하는 세대다. 오죽하면 학계와 마케팅계에서 그들을 MN(Me or Nothing)족이라 칭했을까. 나를 위한 것 아니면 아무것도 취하지 않는 극도의 이기주의 종족이 지구에 처음 출현한 것이다. 공동체 의식이 전혀 없는 그들에게 어떻게 현 세상의 정치 제도가 그들 개개인의 이익에 도움이 되는지 설득하는 일은 정말 쉽지 않았다.

"실업률이 10%를 넘어섰다면서요?"

이수열이 임정수에게 물었다.

"네, 맞습니다. 심각한 수준입니다……"

"흠…… 그 정도면 폭동이라도 일어날 법한 상황인데……"

"그래서 청년층을 향한 공약에는 일자리 창출의 구체적인 약속이 있어야 합니다."

"쉽지 않은 일이군요. 저번에 초안 작성된 것 이후 발전된 게 있나요?"

"네, 실업은 지금 전 지구적 상황이라 다른 국가의 사례도 검토해서 보강된 종합안을 준비 중입니다."

대한민국의 1인당 GDP는 5만 달러 수준이 됐으나, 그만큼 전반적인 인건비나 물가도 동반 상승했고 실업률은 오히려 높아졌다. 전 세계적으로 GDP가 아니라 실업률로 실물 경제의 척도를 가늠하는 것이 새로운 패러다임이 되었다. 그처럼 실업은 전 지구적인 문제였다. 전체 실업 인구 10% 중 30세 이하의 청년 실업이

90% 가까이 됐다. 대부분의 청년들은 알바로 생활을 영위했다. 그나마 쇼핑몰, 편의점 등의 서비스 사업장에서 로봇 사용을 금지하는 법률이 있기에 가능한 일이었다. 최저 임금은 해마다 상승해 시간당 2만 원에 육박했는데, 업주가 그 비용을 감당하기엔 출혈이 너무 심했다. 국가에서 일부 보조를 해주었지만 흉내에 불과했다. 국가 재정은 갈수록 악화되고 문 닫는 점포도 늘어갔다. 그러나 최저 임금을 보장하지 않는다면 실업자들의 폭동이 일어날 터였다. 결국 10%의 인구는 4대 보험의 혜택도 못 받는 알바직을 전전하며 최저 임금을 더 올리라는 불만만 토로하는 형국이었다. 한마디로 줄이면 청년층의 정치에 대한 무관심과 비아냥은 모두 실업에서 출발했다.

그런 낌새를 채고 이수열은 'No one LEFT behind'라는 당 철학을 내걸고 사회민주당을 창당했다. '개개인의 최대 행복권을 추구하며 누구도 뒤에 두지 않고 함께 나아간다'는 의미였다. '누구도 뒤에 두지 않는 좌파LEFT'의 의미로도 읽히기 위해 'LEFT'를 강조했다. 사회민주당의 신념을 한마디로 집약한 힘 있는 문구였다. 물론 탈당과 창당 당시부터 대통령 입후보를 의도한 포석이기도 했다.

D-58

성수동에 자리한 위키당 최인지 후보의 사무실에서도 비슷한 전략회의가 열렸다. 다만 사회민주당의 회의 분위기보다는 훨씬 더 자유로웠다. 보좌관이나 자문위원들도 청바지에 티셔츠 하나 걸친 차림으로 모였다. 이 모든 행위는 그들이 자유로운 영혼인 이유도 있지만, 20대에게 어필하기 위한 정치적 전술이기도 했다. 언론 인터뷰나 PR 행사에서도 최인지 후보는 간편한 티셔츠에 재킷 하나 걸친 아주 캐주얼한 복장으로 등장했다. 바지는 언제나 청바지였다. 스티브 잡스가 그랬듯, 그들에게 청바지는 젊고 IT스러운 이미지를 전파하는 상징이었다.

이들에게도 20대 및 30대 초반 청년층을 확보하는 게 관건이었다. 전략적인 목표는 확고했다. 젊은 층의 투표율을 끌어올려 총 투표율 65% 선을 확보하고, 그중 젊은 층에게서 60% 이상의 지지를 얻어낸다면 어렵지 않게 승리할 수 있다는 데이터를 손에 넣었다. 문제는 이들을 선거에 끌어들이는 방법이었다.

"이번 선거부터 모바일 투표가 가능해졌잖아요. 젊은 층들은 투표소에 가지 않고 거의 백퍼 모바일 투표를 할 텐데, 그들이 어떻게 그 앱을 활용하여 투표를 하게 할 것인지가 관건이군요. 앱 설치 문제는 완전히 협의를 봤나요?"

최인지가 물었다. 앱 설치가 얼마나 간단하게 이뤄지느냐가 위키당에게는 중요했다. 사람은 근본적으로 게으른 동물이다. 투표처럼 의무가 아닌 권리를 행사해야 하는 일은 쉽게 할 수 있게끔 해주지 않으면 참여하지 않을 확률이 무척 높아진다.

"네, 앱 설치는 아주 간단합니다. 선거 당일 아침 투표 시작 5분 전에 앱 설치 알람이 뜹니다. 수락하면 바로 앱이 설치되지요. 그 다음 주민칩을 폰으로 스캔하면 투표권이 주어집니다. 그다음에 원하는 후보를 찍으면 됩니다. 이렇게 3단계예요. 앱은 투표가 끝난 시점에서 5분 후에 자동 삭제됩니다."

선거 전략 리더 손계상이 브리핑했다.

"40대 이상 유권자들의 우리 당에 대한 태도는 어떻습니까?"

최인지가 커뮤니케이션 전략 리더 홍보민에게 물었다.

"그들은 우리가 사이버펑크라는 키워드를 발설했더니 처음엔 그 단어 자체에 대해 거부감을 느꼈습니다. 그러나 그것이 오히려 좋은 기회로 반전되고 있습니다. 역시나 문제는 취업이거든요. 이들 세대에서도 실직이 늘어나고 있지만, 특히 50대 이상에서는 자신들보다는 자식들의 취업 걱정 때문에 그 문제에 대한 해답을 줄 수 있는 정당을 찾고 있지요. 위키당이 인공지능, IT 전문가들을 중심으로 구성된 정치 협의체라는 것은 충분히 알려졌습니다. 그렇기 때문에 그들은 로봇과 함께 살아야 하는 시대에 대한 식견과 비전을 가진 전문가들이 뭔가를 해낼 수 있지 않을까 하는 기대감을 가지고 있습니다. 모든 유권자들이 고개를 끄덕일 수 있는 취업 공약을 내건다면 충분히 승산이 있다고 봅니다."

사회는 얄미울 정도로 빠르게 변화하고 있었다. 좀 따라잡았다 싶으면 어느새 저만치 나가 있었다. 그 변화를 이끈 선두에는 여전히 구글이 자리했다. 구글이 2026년 완전 AI 회사로 변신한다던 예상은 들어맞았다. 구글은 인공지능을 활용한 빠르고 정확한 사용자 데이터 분석을 통해 기존에 가지고 있던 플랫폼을 고도로 상업화했다. 2000년대 후반부터 사들이기 시작한 로봇 회사를 통해 각종 산업용, 의료용 로봇을 양산했음은 물론 호텔, 쇼핑몰, 전시 공간, 공연 공간, 엔터테인먼트 파크 등이 집결된 '구글플래닛 Google Planet'을 개장해 자신들의 인공지능 서비스를 마음껏 펼쳐 보이는 놀이터를 제공했다.

그러나 무엇보다 놀라운 일은 구글이 모든 면에서 인간보다 월등한 사이보그를 만들어냈다는 데 있다. 〈블레이드 러너〉와 같은 공상과학영화에서나 등장하던 현실이 진짜 현실이 된 것이다. 하지만 구글은 그 사실을 세상에 알리지는 않았다. 아직은 시기상조였다. 기술에 대한 혐오감이 사이보그로 인해 극에 달할 수 있기 때문이었다. 인간은 아직도 기술이 약이 되길 원했다. 그들에게 기술이 독처럼 느껴지는 것은 한순간일 수 있다. 그 약과 독 사이에서 구글은 아슬아슬한 줄타기를 했다.

"사회민주당이든 우리든 결국 취업에 대한 확고한 비전을 제시하는 쪽이 이기겠군요. 어쨌든 우리가 인공지능으로 대변되는 현 사회의 생태계를 아주 잘 이해하고 있는 집단으로 강하게 인식돼야 합니다. 지금도 어느 정도는 그렇다고 볼 수 있지만 완전히 뿌리를 내려야 해요. 그렇게 된다면 열매 맺고 꽃피우는 것은 어렵지 않다고 봅니다. 풀뿌리 운동 아시지요? 그래스 루트grass root요. 탑다운top down이 아닌 바텀 업bottom up 방식으로 접근해야 합니다."

미국 구글 본사에서 AI 개발자이자 데이터 분석가로 10년 넘게 일한 전문가였던 최인지가 결의를 다지듯 말했다. 그가 구글 본사에 스카우트된 것은 세계적으로 알려진 해커였기 때문이었다. 키워드는 모두 영어로 얘기하는 것이 그의 특징이었다. '위키당Wiki Party'이라는 이름에서 알 수 있듯 최인지가 표방하는 바는 모두가 함께 만들어가는 현재진행형인 정치를 말한다. 위키Wiki라는 접두어는 이미 위키피디아, 위키리크스 등에 쓰이면서 사람들의 참여로 만들어가는 플랫폼을 지칭하는 대표 키워드로 부상했다. 위키라는 접두어야말로 이들 사이버펑크들이 원하는 철학을 아주 간단명료하게 나타내주는 두 음절의 매직 워드였다. 최인지는 이에 한글 뜻풀이도 덧붙여 유세에 활용하고자 했다.

"위키는 'We키', 즉 '우리가 키운다'라는 뜻으로도 풀이됩니다. 이전에 없었던 새로운 대한민국을 우리 위키당이 키워봅시다. 우리가 함께 키운다, 위키!"

더불어 영어의 change를 연상케 하는 그의 이름 최인지를 활용하는 전략도 세웠다.

이후 '대한민국, 우리가 함께 키운다. 위키!', '대한민국, 최인지가 바꾼다. Change Korea!'는 선거용 공식 슬로건이 되었다.

2027년 현재

2027년, 인공지능이 탑재된 기술의 진보는 인간 지능이 그 기술에 익숙해질 수 있는 템포를 넘어서버렸다. 일종의 기술 습득 임계치를 넘어버린 것인데, 이런 상황에서 자포자기와 체념의 문화가 빠르게 확산됐다. 경제적인 면에서뿐만 아니라 사회문화 면에서도 루저가 확산되는 현상은 정부로서 정말로 대처하기 힘든 상황이었다. 이런 상황에 빠른 대응으로 적절한 해결책을 제시하면서 나라를 다스린다는 것은 그리 쉬운 일이 아니었다.

구석기 시대부터 산업화 시대에 이르기까지의 몇 십만 년에 걸쳐 이루어져온 사회 진보가 이제는 단 몇 년 만에 이루어지는 단계에 이르렀다. 진보의 속도가 빨라지다 보니 그에 따르는 부작용도 빨리 생성됐다. 문제는 그 부작용을 해결할 방법을 찾기가 어렵다는 것이었다. 2027년 한국 사회는 10년 전 새로운 문민정부 시절 마주했던 지병을 고스란히 물려받았다. 청년 실업, 빈부 격차, 트집으로 일관하는 정쟁, 기업의 도덕성 부재, 중국 및 일본과의 외교 마찰, 환경 문제 등이 고질적으로 고착화되는 고약한 양상으로 드러났다. 치유가 불가능해 보였다.

높은 실업률 못지않은 또 하나의 큰 문제는 저출산이었다. 2017년 처음으로 사망률이 출산율을 앞질렀고 인구수 그래프는 계속 하향선을 이어갔다. 저출산의 이유는 물론 불안한 현실과 불확실한 미래 때문에 결혼을 하지 않는다는 것인데, 결혼한 커플 사이에서도 출산율은 가구당 0.5명에 지나지 않았다. 피라미드 구조여야 할 연령대별 인구수는 반反 피라미드 형태로 변해갔다. 그 형태가 보여주는 불안정함이 대한민국에 곧 닥칠 미래를 보여주는 것 같았다.

인구수가 줄다 보니 2022년부터 아파트에 빈집이 생기기 시작했다. 시골에 한두 채씩 보였던 폐가가 아니라 폐아파트들이 등장한 것이다. 그나마 어렵사리 분양을 마쳐 돈을 챙긴 건설업자들은 큰 문제가 없었으나, 경기부양책으로 의도된 건설 시공에 뛰어든 건설사들은 모두 파산했다. 심지어 새로 지은 아파트조차 분양률이 30%에도 못 미치는 상황이 발생했다. 대부분의 아파트에는 첨단 인공지능 장비들이 탑재되어 있었기에 건설주의 손실은 어마어마했다. 정부는 외국인의 이민 장려 정책을 써서 이를 만회하려 했으나, 전 지구적으로 발생한 실업 문제를 한국에서 해결해주는 방안이 서지 않는 한 그 또한 힘든 일이었다. 국민들은 우리도 살기 힘든데 이민자가 웬 말이냐며 이민법이 통과되면 또다시 촛불

시위를 벌일 것을 천명했다. 아무리 고도화된 기술 사회에 진입했더라도 촛불의 힘을 막기는 힘들었다. 그러나 빈집으로 인해 발생하는 정말 큰 문제는 치안이었다. 빈집이 각종 범죄의 소굴이 되었다. 이미 일본은 2020년에 빈집이 1000만 채에 이르렀는데, 전체 가구 중 빈집이 30%를 차지하면 치안에 문제가 생긴다는 것을 그대로 입증했다. 빈집 비율이 25%에 육박하는 한국에도 곧 닥칠 문제였다.

저출산으로 인한 인구 감소와 더불어 고령화 사회로 접어든 것역시 빨간 신호였다. 기대 수명은 남녀 각각 87세, 93세로 늘었는데, 여전히 취약한 사회복지제도 탓에 선진국이라는 명칭에 걸맞은 고령화 사회를 이루기는 힘든 상황이었다. 국민연금도 거의 고갈 상태였다. 겹겹의 환란 속에 정부는 어쩔 수 없이 청년을 보듬는 정책을 펼 수밖에 없었다. 미래를 지켜야 했다. 두 계층 모두를 균형 있게 돌보는 정책을 폈다가는 이도저도 아닌 대한'망'국이 될 수밖에 없는 불안한 상황이었다.

나라 바깥의 상황 역시 긴장되기는 마찬가지였다. 지구가 멸망하건 존속하건 미국과 그에 대응하는 러시아, 중국의 패권 싸움의 마지막 장이 될 곳은 세계의 화약고 중동이었다. 미국이 이라크에 크게 데인 후 중동 국가와의 정치적 협상에 일정 거리를 두는 동안, 러시아는 시리아의 아사드 정권을 지원하면서 이라크, 이란,

시리아의 아랍계 핵심 국가들을 손에 넣었다. 여기에는 중국도 가세했다. 미국에 우호적이던 사우디아라비아도 어쩔 수 없이 러시아로 기울어졌다. 다시금 세계 정세는 동서 냉전의 대립각을 이루게 됐다. 20세기에 이은 두 번째 버전의 냉전 기류가 형성됐다.

1980년대 말까지 이어진 첫 번째 동서 냉전은 동유럽의 위성국가를 거느린 소련과 유럽 및 아시아 국가를 우방으로 거느린 미국의 대립이었다. 새로운 냉전 구도에서는 러시아가 중국과 중동 지역을 아우르는 커다란 정치, 군사 세력을 갖게 됐다. 그에 비해 미국은 막강한 우방을 거느리지 못했다. 라틴아메리카는 여전히 미국에 우호적이지 않고, 유럽은 이미 미국을 경청하지 않는 딴 세상이 되어버렸다. 미국에게는 자식처럼 따라줄 우방이 필요했다. 러시아에게 밀린다는 위기감이 미국에 팽배했다. 그에 따라 중국 및 러시아와 지리적으로 맞닿아 있는 한반도의 중요성이 더욱 크게 부각됐다.

미국은 늘 전쟁이 필요한 나라였다. 자신들의 엄청난 군사력을 쏟아부을 곳이 필요했다. 2차 세계대전으로, 베트남전으로, 이라크전으로 그들은 큰 이익을 얻으며 전 세계의 보스로서 국가 위상을 드높였다. 1960년대 1차 냉전 시기에 러시아가 미국의 코밑에 있는 쿠바를 적절히 활용했듯이, 이젠 러시아와 중국의 코밑에 있는 대한민국이 미국에게는 절실히 필요했다. 러시아가 쿠바에 미사일 기지를 건설해 미국을 압박했듯이, 미국은 남한을 미사일 기지로 삼으려 한다는 미 국방부의 보고서가 해킹되어 나돌았다. 더 나아가 미국은 북한을 포섭하여 그들이 가진 핵을 중국과 러시아의 턱밑에 겨누는 노림수를 두려고 한다는 루머도 돌았다. 충분히 가능한 시나리오였다. 북미수교가 일이 년 사이에 이뤄질 것이라는 몇 해 전 전망이 거의 현실로 닥쳐왔기 때문이다. 북한은 핵보유국에서 핵대여국으로 입장을 바꾸고 있었다. 어쨌든 그들에게 남은 것은 핵뿐이었다. 이데올로기는 더 이상 중요하지 않았다. 자신의 체제를 전복시키지 않고 경제적 이득을 주는 나라에 핵 마케팅을 하지 않을 이유가 없는 것이다. 미국 입장에서는 북한이 핵을 갖든 말든 사실 큰 문제는 아니었다. 북한에게 핵은 일종의 보험이었고, 그 핵이 미국을 향하지만 않으면 되는 것이었다.

국내외의 이러한 복잡하고 어려운 상황은 자연스럽게 새로운 정치판의 탄생으로 이어졌다. 보수당이 완전히 무너지고 이전 진보당보다 더 진보적인 사회민주당과, IT계가 정치 세력을 잡기 위해 만든 위키당이 제1, 2당으로 세력을 키우게 된 것은 참으로 놀라운 일이었다. 한국 정치계에서 아주 오랜 계파를 형성해온 '꼴통 보수 vs. 진보인 척 진보'의 양대 구도가 완전히 깨진 것이다. 이전의 정치인들이 당 이름만 바꿔가며 갈아타기를 했던 해프닝의 역사가 막을 내리는 시점이 됐다. 기득권의 이득을 보호하느냐, 민주 시민사회의 기틀을 마련하느냐의 지난한 정쟁 구도가 바

꿰어야 하는 시점이 온 것이다. 한국 정치사의 혁명이었다.

한마디로 정치가 개과천선하지 않으면 나라가 폭망하는 시기가 도래했다. 이전에도 별 인기는 없었지만, 정말로 폐점해야 할 운명에 처한 것이 정치업이었다. 젊은이들은 북유럽에서 실험 중인 새로운 거버넌스 운동 포크폴Folk Politics에 열광했다. 즉 중앙정부가 통치하지 않고, 온라인에서 자발적인 정보 교환, 상거래, 재능 교환, 교육 등이 이루어지는, 모두가 통치의 주체가 되는 이상적인 사이버 공화국이었다.

D-7

위키당의 정책설명회는 마포의 문화비축기지에서 열렸다. 1970년대 석유 위기 때 석유를 비축해서 비상시에 활용하려는 의도로 지어졌던 이곳은 2017년에 각종 문화행사를 위한 장소로 용도 변경해서 오픈한 바 있다. 위키당에서 이곳을 설명회 장소로 잡은 이유는 미래를 대비해야 한다는 절박함을 공유하기에 아주 적절한 상징적 장소였기 때문이다. 석유가 저장되어 있던 둥근 탱크 속에서 사람들과 함께 얘기를 나눈다는 사실 자체가 메시지가 될 수 있었다.

오후 2시, 예상을 훨씬 뛰어넘어 2천 명 가까이 되는 청년들이

모였다. 정치를 떠나 최인지는 그들 사이에 유명 인사였기에 마치 아이돌을 만나듯 몰려든 이유가 더 컸으리라 짐작됐다. 그는 정치인 이전에 해커였고, AI 전문가였으며, 디지털 커런시라 불리는 디지털 금융의 전문가였다. 또한 그는 비트코인의 단점이었던 결제 시간의 문제점을 해결했다. 지금의 완벽한 블록체인 시스템은 그의 머리에서 나왔던 것이다.

행사장 안에는 위키당의 슬로건인 '대한민국, 우리가 함께 키운다. 위키!', '대한민국, 최인지가 바꾼다. Change Korea!'가 적힌 대형 배너가 시선을 압도했고, 위키당의 당가처럼 되어버린 〈Crazy 최인지〉가 울려 퍼지고 있었다. 이 노래는 최인지의 절친이라 알려진 콜드 플레이의 크리스 마틴이 작곡하고 불러 최인지에게 선사한 곡으로 화제가 됐었다. '최인지, 너의 비범함을 이 세상의 말로는 표현할 수 없네, 그래서 일단은 크레이지 최인지라 부를게, 더 적합한 말이 탄생할 때까지'라는 가사가 담긴 우정의 노래였다. 한마디로 최고의 찬사였다.

드디어 예의 그 청바지와 티셔츠 차림으로 최인지가 연단에 올라섰다. 엄청난 환호의 물결이 파도처럼 밀려왔다. 깊고 신뢰감 주는 목소리로 그가 입을 열었다.

"안녕하세요? 오늘 이 자리를 무척 기다려온 위키당 대표 최인지입니다."

다시 한 번 환호가 몰아쳤다.

"저는 오늘 이 자리에서 정말로 제 목숨을 내놓고 여러분, 대한민국의 미래인 여러분을 위해 세 가지를 약속드리려 합니다!"

또다시 환호가 터져 나왔다. 마치 아이돌 가수가 노래하기 전 아무 말이나 던져도 몇 번이고 울리는 환호성 같았다.

"2027년을 살아가는 청년 여러분, 정말 지옥에서 하루하루를 보내고 있습니다. 제가 감히 여러분의 고통을 여러분이 느끼는 만큼 체감하고 있다고 말하진 않겠습니다. 마치 여러분의 고통을 그대로 공감하면서 여러분을 위한 나라를 만들겠다고 떠드는, 정치만 해온 정치인이 되고 싶지 않습니다. 제가 지금 이 자리에 선 이유가 바로 그것입니다. 직업 정치인들은 정치를 해보지 않은 사람이 어찌 거버넌스의 생리를 알겠느냐고 합니다. 그러나 청년 여러분, 여러분은 직업 정치인들이 만들어온 지금까지의 대한민국에 만족하십니까? 다시 묻습니다. 만족하십니까?"

"아니요~~~!!!"

"그럼 제가 달리 묻겠습니다. 로봇에게 일자리를 빼앗긴 여러분에게 어떤 대안이나 보상도 마련하지 못하고, 그저 최저 임금만 볼모로 거래하면서 여러분을 알바로 내몬 지금의 공권력에 믿음이 갑니까?"

"아니요~~~!!!"

"그렇습니다. 여러분. 인공지능의 놀라운 발전이 지금 이 사회의 경제와 문화와 교육의 틀을 완전히 바꿔놓았는데, 유독 바뀌지 않은 것이 정치입니다. 정치가 바뀌지 않으면 여러분의 생활이 바뀌지 않습니다. 정치는 바로 여러분의 일상생활과 직결되어 있습니다. 정치가 바뀌어야 제도가 바뀔 수 있습니다. 제도가 바뀌어야 여러분의 생활이 바뀔 수 있습니다. 그럼 정치를 바꾸기 위해선 어찌해야 할까요? 여러분, 어찌해야 할까요? 네, 그렇습니다. 정치인을 바꿔야 합니다. 이 세상에 어떤 일을 이루기 위해선 세 가지가 필요합니다. What, How, Who입니다. 즉, 무엇을 할 것인가? 어떻게 할 것인가? 그리고 누가 할 것인가?입니다. 여러분이 이 중에서 가장 중요한 하나만 고르라면 무엇을 고르겠습니까?"

최인지는 마이크를 청중으로 돌리고 그들의 대답을 유도했다.

"Who~~~!!!"

"그렇습니다! 바로 누가 하느냐입니다. 그 누구를 잘 선택하면 What과 How는, '무엇을'과 '어떻게'는 자동적으로 해결됩니다! 여러분, 이제 우리가 해야 할 일은 명확해졌습니다. 바로 정치를 바꿔야 합니다. 정치를 바꾸기 위해선 정치인을 바꿔야 합니다. 그러나 그 정치인이 또다시 정치만을 일삼아온 직업 정치인이 되어서는 안 됩니다. 현실이 어떻게 돌아가고 있는지, 미래가 어떻게 생성될지 잘 아는 사람에게 정치를 맡겨야 합니다. 그게 누구겠습니까? 인공지능과 빅데이터와 눈부신 기술이 이끄는 이 시대를 가장 잘 알고 있는 그 사람이 누구겠습니까?"

"최인지! 최인지! 최인지!"

최인지는 달변가였다. 단순히 말을 잘한다는 것이 아니라 어떤 말을 어떤 타이밍에 어떻게 던져야 할지 아는 사람이었다. 연단 위의 최인지는 마치 교주처럼 보였다. 부흥회에 모인 수많은 신도들의 넋을 빼놓는 설교자 같았다. 그는 처음엔 청중의 감성을 울리는 말들로 그들을 열광케 했다. 의도적이었다. 설명회에 모인 2천 명의 청중을 자신의 신도로 포박시켜버린 것이다. 얼마나 잘하는지 두고 보자는 까칠한 마음으로 참석했던 몇몇 청년들도 이내 분위기에 동화되어 최인지를 연호했다. 어떻게 그것이 가능했을까? 최인지가 생각한 것은 예수의 이미지를 심는 것이었다. 예수가 그 많은 사람들은 감화시킬 수 있었던 것은 그에 대한 경외심을 불러일으켰기 때문이다. 경외심이란 단순한 존경심을 의미하지 않는다. 경외심은 존경과 두려움이 섞인 감정이다. 절대 복종해야 할 것 같은 두려운 존경을 불러일으키는 것이다. 최인지는 나이에 비해 그런 면에서 성숙했다. 그의 나이 이제 마흔다섯이었다. 그는 젊은 나이에도 경외심을 불러일으킬 수 있으리라 확신했다. 서른세 살에 죽은 예수가 이미 그 일을 해냈기 때문이다.

최인지의 뒤로 홀로그램 스크린이 생성됐다. 감성을 흔들어 자신의 맹신도가 된 청중들을 이제 논리적으로 공략하여 충신도로 만들 차례였다. 홀로그램 스크린에 대한민국 사회의 현 상황을 분석한 인포그래픽이 나타났다.

D-6

"위키당에서 청년들에게 발표한 공약 중에 새로운 것이 있었나요?"

하루 전 문화비축기지에서 있었던 공약발표회에 다녀온 수석보좌관 양민석에게 이수열이 물었다. 세종로 당사를 나선 두 사람은 차를 타고 안산시에 완공된 문화 복합 플라자 오픈식에 가는 중이었다.

"한 가지가 추가됐더군요. 극비 프로젝트라면서 자세한 내용을 밝히진 않았습니다. 마치 신비주의 전술을 쓰는 것처럼요. 그런데 본인이 대통령이 되면 1년 안에 그 플랫폼을 장착할 것이고 그렇게 되면 일자리 창출은 물론 전 세계가 대한민국을 우러러보게 될 거라고 말하더군요. 어제는 완전 교주 느낌이었습니다."

이수열은 매우 피곤해 보였다. 대선을 일주 남겨둔 시점이라 거의 초 단위로 이어지는 하루 스케줄을 감당하기 힘든 이유도 있었지만, 매번 올바른 판단을 내려야 한다는 압박이 심했다. 연륜이 좀 있는 정치인이라면 일정 부분을 운명의 몫으로 떠넘기는 여유가 있으련만, 서른여덟 살의 젊은 이수열에게는 그런 경륜이 부족했다. 언제나 묘수를 찾으려 했지만, 묘수란 자기 기분 좋을 때 어쩌다 다가오는 고양이 같은 놈 아니던가.

"청중의 반응은 어땠던가요?"

"한 달 전 나온 아이폰 AI3 신제품 있었잖아요. 실시간으로 10개국 언어 번역 지원하는 폰 말이에요. 저도 구입해서 지금 쓰고 있는데, 음성이나 문자메시지를 우리말로 입력하면 거의 99% 완벽한 번역으로 전달되더라고요. 어제 위키당의 공약 발표장은 뉴욕에서 있었던 그 제품의 론칭쇼 같은 분위기였습니다."

"뉴욕 센트럴 스테이션 실내에 무대를 설치하고 론칭 이벤트를 했다면서요?"

"네, 그렇습니다. 론칭 장소도 3시간 전에 공표하는 게릴라 전략을 활용했지요. 사람들이 장소가 알려지는 오전 11시만 손꼽아 기다렸답니다. 그러곤 마치 한 발이라도 더 일찍 도착하는 미션을 완수하려는 듯이 사방에서 동시에 몰려왔다고 하더군요. 사람들을 목매게 만드는 거죠. 그 자체가 훌륭한 홍보거리였습니다."

"결국 첨단 AI 시대에도 사람을 끌어들이는 것은 아날로그적인 방법이네요. 그거 아주 좋은 팁이 될 거 같군요."

"네, 맞습니다. 첨단과 아날로그 느낌을 적절히 섞어 써야 할 것 같습니다."

"저들이 내세운 기존의 두 가지 공약에 대해선 반응이 어떤가요?"

"대표님도 아시겠지만, 누구나 이해할 만한 첫 번째 공약이 잡 쿼터제Job-Quarter예요. 3:1 고용법을 통과시키겠다는 겁니다. 로 봇 3에 사람 1. 근로할 수 있는 최소한의 마지노선을 확보하겠단 얘기지요. 둘째는 좀 황당하긴 한데, 아직도 개발이 더딘 아프리 카 서쪽 지역의 나라들, 예컨대 세네갈, 기니, 토고, 콩고, 앙골라 이런 나라들에 산업 인프라를 건설하고 노하우를 전수하면서 그 들의 자립도 돕고 우리의 일자리도 창출한다는 거였어요. 아프리 카가 유선전화 없이 바로 모바일로 넘어갔듯이, 워낙 낙후된 지역 이다 보니 그냥 한두 단계 건너뛰고 바로 디지털화해야 한단 논리 죠. 그들이 처음 설정하고자 하는 인프라는 디지털 물류 기지예 요. 아프리카가 바다로 둘러싸여 있기에 전 세계로 물건을 실어 나를 수 있는 허브가 된다는 생각이더군요."

"물류요? 흠…… 그건 미처 생각지 못했던 아이디어군요."

"중국에 이어 베트남도 이미 인건비가 오를 대로 올라 더 이상 그곳에 공장을 짓거나 하는 추세는 아닙니다. 아프리카로 가야 한 단 거지요. 다만 처음부터 모든 걸 디지털화하지는 않겠단 생각이 더군요. 인건비가 싸니까 일단 사람이 처리할 수 있는 것들은 그 대로 유지하면서 너무 빠르게 문화적 충격을 주지는 않겠다는 논 리였어요. 마지막 희망의 땅이 아프리카라고 설파하더군요. 맞는 말이긴 합니다. 더 이상 남한이라는 좁은 땅에서는 뭔가 해볼 엄두가 나지 않으니까요. 게다가 아프리카 사람들이 원하는 건 미국식 발전 모델이 아니란 거죠. 농업국가로부터 시작해서 산업화, 정보화를 거쳐 IT에 이르기까지 단기간에 압축 성장한 한국 같은 나라가 오히려 롤 모델이 될 수 있단 겁니다."

"아프리카엔 이미 중국이 상당히 진출해 있잖아요."

"네, 그렇죠. 그런데 아직 대부분이 도로, 철도, 병원 건설 등 인프라 구축에 머물고 있어요. 그리고 현지인들의 중국인에 대한 감정이 그리 좋지 않다고 합니다. 중국인들이 벌써 자신들 식민지인 것처럼 행세한다 하네요."

"흠…… 두 가지 공약에 대해선 맞받아칠 수 있을 것 같은데, 숨겨둔 마지막 한 가지가 관건이겠네요. 느낌에 괜히 뻥치는 것 같지는 않은데……"

"제 생각도 그렇습니다. 허풍은 아닌 것 같습니다."

"일단은 남은 시간 동안 저들이 내건 두 가지 공약의 허점을 공략하고, 우리 공약의 장점을 극대화하는 방향으로 진행합시다."

"네, 맞습니다. 이제부턴 좀 극약 처방이 필요할 듯합니다. 어제 본 바로는 최인지에 대한 청년들의 선호가 상상 이상이었습니다."

차는 어느덧 안산의 행사장 근처에 다다랐다. 이수열은 머릿속이 갑자기 복잡해졌다. 이 땅에 제대로 된 투명 정치의 기틀을 마련했던 촛불 민심에 이제 더 이상 정치적 논리만으로는 어필하기 힘들겠다는 생각이 들었다. 20세기 대학생들의 화염병에서 21세기 시민들의 촛불로 이어졌던 민주화의 열정은 자발적 솟구침이었다. 이제는 국민들을 하나로 모을 정치적 어젠다가 없었다. 사람들은 뿔뿔이 흩어져 살아남기 위한 각개격파의 삶을 살고 있었다.

D-14

최인지는 선거를 2주 앞두고 갑자기 미국 출장을 떠나야겠다고 참모들에게 알렸다. 1박 3일의 무리한 일정이었다. 선거 2주 전이면 총력전을 기울여야 할 중요한 시기인데, 참모들도 이해할 수 없는 결정이었다. 최인지가 아주 중요한 결정을 내릴 때는 그 밑의 핵심 3인방과 회동을 갖곤 했다. 선거 전략 리더 손계상, 커뮤니케이션 전략 리더 홍보민, 그리고 수석 보좌관 이길승이었다. 그러나 이번에 최인지는 이 세 사람에게도 구체적인 방미 목적을 말하지 않고, 심지어 이길승도 대동하지 않고 홀로 샌프란시스코로 떠났다. 다만 와이 컴비네이터Y Combinator에서 10년 전 실험을 거쳐 미 서부 중심으로 안착시킨 기본소득제의 기획 및 운영 담당자를 만난다는 말은 남겼다. 참모들은 최인지의 마음속에 기본소득 시행의 구상이 있다는 것은 알고 있었다. 그가 늘 분배의 정의에 대해 언급했기 때문이다. 부의 편중이 갈수록 심해졌다. 산업 시대에 부를 다진 1세대 갑부들과 IT 비즈니스로 부를 창출한 2세대 갑부들의 세력은 여전하고, 뒤를 이어 인공지능 비즈니스로 엄청난 부를 축적한 3세대 갑부들이 공고한 성을 쌓으면서 자본의 생태계는 완전히 균형을 상실했다. 이제야말로 분배의 정의가 정치 키워드로 부상해야 할 시점이었다.

그러나 이 중요한 시기를 뒤로하고 미국에 갈 정도면 분명 선거와 관련된 무엇인가를 얻기 위한 것이 확실했다. 사실 최인지가 참모들에게 출장을 언급할 때 비장함이 감돌았는데, 뭔가 대단한 것이 최인지의 마음속에 기획되고 있다는 느낌을 갖기에 충분했다.

그의 미국행은 언론에서도, 사회민주당에서도 눈치를 채지 못할 만큼 비밀스럽게 이루어졌다. 심지어 미국에서 보낸 전용 비행기를 타고 성남 비행장을 통해 출국했기 때문에 그의 행보는 더더욱 남에게 알려지지 않았다. 언론의 입장에서 보면 기사화하기 딱 좋은 가십거리였다.

"대표님, 최인지가 미국에 결혼 신고하지 않은 아내와 아들이 있다네요?"

이수열의 보좌관 양민석이 중요 정보를 브리핑하듯 상기된 얼굴로 보고를 했다.

"그래요? 한국 여자와 결혼한 지 얼마 안 됐잖아요?"

"네, 1년 전이죠."

"믿을 만한 정봅니까?"

"방금 팬 퍼시픽 미디어 전무일 기자와 통화를 했는데 미국 LA의 〈선데이 저널〉로부터 귀띔을 받았다네요."

"〈선데이 저널〉은 페이크 뉴스의 진원지 아닙니까?"

"네, 그렇죠. 하지만 페이크 뉴스의 미덕은 믿고 싶은 진실을 만들어낸다는 것이지요. 보기에 섹시하고 입속에선 달달한 그런 진실 말이에요. 왜곡된 팩트는 언제나 흥미롭지 않습니까."

"암튼 적절한 시기에 써먹기 딱 좋은 사실이긴 하네요. 아이가 몇 살쯤이랍니까?"

"다섯 살이고요, 아내는 라틴계 미국인이랍니다."

"그럼 적어도 6, 7년은 교제를 한 거군요."

"네, 한국 들어오기 전 미국에 살 때 동거했던 모양입니다."

"그럼 지금 부인을 속이고 결혼한 거겠네."

"그럴 가능성이 아주 크죠. 만약 지금의 아내에게 알렸다 하더라도, 그의 도덕성에 충분히 먹칠할 수 있는 건수이긴 합니다."

"나이 드신 분은 몰라도 요즘 청년들이 남의 사생활에 그렇게 도덕적 잣대를 갖다 댈까요?"

"기본적으로 대한민국은 도덕이 모든 것의 기본이자 최종 잣대가 되는 나라입니다. 정치인이건, 학자건, 연예인이건 그들은 전문성보다는 도덕성으로 평가받지요. 99% 잘해오다가 단 1%라도 도덕에 스크래치가 나면 바로 무덤입니다. 도널드 트럼프처럼 첫 아내 이바나와 세 자녀를 두고도 바람을 피우고 이혼하고 이후

포르노 배우, 〈플레이보이〉 잡지 모델을 포함 여러 여자와 염문을 뿌리면서 대통령직에 오르는 일은 우리로서는 상상도 할 수 없는 일이지요. 국민들 마음속에 바로 빨간줄 쫙 쳐집니다."

"그렇긴 해요. 그나마 우리 진보 쪽에서 적폐청산을 외쳐서 지금 이 정도가 된 것이지……"

"게다가 어떤 식으로 회자되든 우리에게 불리할 것은 없어 보입니다. 여론이란 게 한쪽으로 확 쏠리면 걷잡을 수 없이 쓸려가니까요. 2017년에 있었던 미국의 #MeToo 운동이 바로 다음 해 한국에 넘어와서 성폭력의 적폐청산이 이뤄진 적 있었잖아요. 사실 강력한 상하관계 속에서 이뤄진 권력형 성폭력은 피해자가 입 밖으로 꺼내기도 힘든 상황이죠. 일종의 침묵의 카르텔이 형성되니까요. 그러나 미국이 점화를 시키면서 #MeToo 무브먼트가 글로벌 어젠다로 부상하다 보니 한국에서도 폭로 엔진이 구동된 거지요. 그 결과 대한민국의 유구한 전통이었던 남근주의가 뿌리 뽑히지 않았습니까. 이제 적어도 남근이 연루된 과오는 절대 용납하지 않는 분위기입니다."

"지금 상황에선 우리가 활용할 수 있는 카드는 모두 활용해야 하니까……"

"네, 맞습니다. 특히 청년층에서는 우리가 좀 밀리고 있는 상황입니다. 개인적인 흠집 내기가 아니라면, 그들의 공약에서 빈틈을 잡아 공격하기는 그리 쉽지 않아 보입니다."

"알겠습니다. 전략, 홍보 본부 리더와 바로 회의를 잡도록 합시다."

"시간은 오후 3시가 좋을 듯합니다. 4시 이후론 계속 스케줄이 있으세요."

"그렇게 하도록 하지요. 일단 리더만 참여시키세요. 조심스럽게 접근합시다."

비행기 안에서 최인지는 휘몰아치는 여러 생각에 머릿속이 복잡했으나 곧 평정을 찾았다. 그에게 대통령이 된다는 것은 말로만 선진국이었던 대한민국을 진정한 선진국 대열에 편입시키는 것을 의미하는 것이었다. 어떻게 그 비전을 이뤄낼지는 오직 그의 머릿속에만 존재했다. 핵심 3인방에게도 그 부분에 대해서는 깊은 속내를 비치지 않았다. 샌프란시스코 국제공항에 내린 최인지는 마중 나온 GM 캐딜락을 타고 어딘가로 사라졌다.

D-7

"설명회 가보니 어때? 생각이 좀 달라졌어? 투표할 생각이 들어, 이제?"

상빈이 무관에게 소감을 물었다.

"뭐, 그냥 최인지가 대단한 웅변가란 생각은 들더라."

"줄리어스 시저, 레닌, 히틀러, 케네디, 오바마에 이르기까지 이름 오르내린 정치인들은 모두 웅변가였잖아. 트럼프도 뭐 나름 웅변가였지, ㅍㅎㅎㅎ."

"이번엔 위키당이 가능성이 좀 있어 보여. 정치엔 관심 없긴 하지만."

"근거가 뭔데?"

"그냥 느낌으로. 내가 촉이 좀 발달했잖아."

"촉 믿고 망한 놈들 많다. 중권이 있잖아. 물려받은 돈 나스닥에 쓸어 넣었다가 쫄딱 말아먹었지."

"말아먹을 돈이라도 있어봤음 좋겠다. 암튼 최인지는 일단 애들한테 지명도로 먹고 들어가는데 저렇게 말빨도 끝내주니 끌려들어갈 수밖에."

"이번 선거에선 사이버펑크가 정치 세계에서도 먹히느냐가 관건이야."

"요즘에 정치란 말이 존재나 하냐? 정치가 외면당한 게 언젠데. 그들이야 권력을 잡기 위해 정치적 논리를 이용하지만, 국민들은 정치란 단어를 가치 있게 여기지도 않잖아. 그냥 밥 먹고 사는 직업 중 하나가 대통령인 거야. 게다가 사람들이 투표를 진지하게 생각하지도 않지. 국민이 참여하는 러시안 룰렛 게임 정도?"

"암튼 난 드론 당첨된 걸로 대만족!"

"대통령도 그냥 뽑기 했으면 좋겠다. 거기서 거긴데……"

위키당 설명회장을 나오며 상빈과 무관은 카카오모바일 앱으로 위치를 추적해 근처에 있던 모토바이크를 잡아탔다. 앱을 열어 모토바이크에 있는 바를 스캔하면 바이크의 잠금 장치가 풀리고 사용료가 자동 계산되었다. 그들은 마포를 벗어나 홍대로 향했다. 펍에 들러 목을 축이기로 했다. 그들이 도착한 곳은 '비어팩토리'라는 이름의 펍이었다. 최근 이 집에서 개발한 크라프트 비어가 화제여서 시음하러 가보기로 했다.

펍도 자동화된 지 꽤 되었다. 자판기에서 원하는 맥주를 고르고 주민칩을 스캔하기만 하면 됐다. 펍엔 자판기와 서서 먹는 테이블만 있었고 서빙하는 사람은 없었다. 불법행위자는 감시 센서에 칩이 인식되기에 잡아내는 건 시간 문제였다.

두 사람은 모두 새로 개발됐다는 살수비어를 주문했다. 청천강의 옛 이름을 딴 에일 맥주였다. 펍은 금요일 저녁이라 더더욱 사람이 붐볐다.

"야, 지열아, 오랜만이다. 여긴 웬일이냐?"

상빈은 서핑 동호회에서 알게 된 지열과 마주쳤다.

"어! 상빈아! 여기서 여친 만나기로 해서……넌 웬일이냐?"

"위키당 설명회 듣고 오는 길이야. 무관이 알지? 작년 할로윈 때 이태원 펍에서 봤잖아."

"그럼 기억하지. 무관아, 잘 지냈어?"

"뭐, 그럭저럭…… 여기 자주 오나 보네?"

"여친이 여길 좋아해서. 10분 후쯤 이리로 올 거야."

"아직도 그 여친?"

"뭐, 아직까진……"

"이번엔 제법 가네!"

"쏘울이 통해, 쏘울이…… ㅋㅋ. 근데 설명회에서 뭐라 떠들어 대던?"

"경품으로 드론 준다길래 갔지, 뭐…… 아마 오늘 온 사람들은 대부분 최인지빠들일 거야."

"아직도 정치인에게 아이돌 따라붙듯 하는 정신 실종된 애들 있나 보네."

"그게 나잖아, ㅍㅎㅎㅎㅎㅎ."

셋은 잔을 부딪치며 건배를 했다.

"암튼 내 생각에 사회민주당과 완전 반대편에 있는 사이버펑크 위키당이 이 시대의 메이저 당으로 부상한 건 재미있는 현상이면서도 의미심장해."

정치공학을 전공한 지열이 입가의 맥주 거품을 훔치며 말을 꺼냈다.

"왜 그렇게 됐다고 생각해?"

"글쎄, 우선 확실한 건 기존 정치에 대한 관심 따윈 아주 없어졌단 거지. 사실 정치인들이란 국민 세금 걷은 거 가지고 통치하면서 자기가 주인인 양 행세하잖아. 기업인들이야 일자리 만들고 돈 만들어내지만. 사실 까놓고 얘기하면 정치인들은 어떻게 하면 기회를 자기에게 유리하게 만들까 자나 깨나 그 생각인 거지. 평생 그 짓거리만 한 사람들의 머리에 뭐가 들어 있겠냐. 어수선한 시기엔 그들이 말하는 희망찬 미래에 사람들이 동의했지만, 지금은 그게 씨알이나 먹히는 소리냐고. 파시즘, 나치즘, 공산주의, 사회주의 같은 거 떠올려봐. 정치가 종교이던 시절이지. 모택동 없는 중국, 카스트로 없는 쿠바는 떠올릴 수 없잖아."

"그렇지. 그렇다고 치고. 지금 이 현상은 뭐야, 그럼?"

"일종의 정치 혐오가 만들어낸 새로운 기류라고나 할까. 이럴 땐 아주 씰리한 상황이 발생하거나 아주 혁신적인 상황이 나타나거나 둘 중 하나지. 그 무엇이 됐든 기존의 노선 비스무레한 것들은 존립 자체가 힘들다고 봐."

"씰리한……?"

"2016년 말 트럼프가 대통령 된 것이 그 예야. 그때 모두 경악했지. 정치가 장난이냐? 정치가 광대 뽑는 놀이냐? 미국뿐 아니라 전 세계 수많은 지식인 정치인들이 그를 얼마나 폄하했니. 기억나? 얼마 안 되어 탄핵될 거라고 떠들어대기까지 했잖아. 그런데 결과는 어땠냐고. 연임했잖아. 무려 8년 동안 미국을 통치한 거야. 말이 된다고 생각해?"

"그렇지, 그리고 지금은 우리 위키당과 비슷한 뉴 사이버펑크한테 정권이 넘어갔지. 부동산 개발업자가 정권을 8년이나 잡고 있다가 테크노크라트에게 정권을 넘긴 거야. 편차가 어마무시하게 크네."

상빈은 지열의 구라에 맞장구치며 그의 논리에 빠져들고 있었다. 손에 든 맥주는 아직 한 모금도 마시지 못했다.

"그게 의미하는 바가 뭐냐 하면, 기존의 정치적 거버넌스로는 사람의 마음을 움직일 수 없단 거야. 다시 말하면 고대 그리스 시대부터 내려온 별로 바뀌지 않은 구린 정치 시스템을 누구도 원치 않는다는 거지. 철저히 새로운 정치 플랫폼이 아니면 안 된다는 것! 그런 관점에서 나는 어쨌건 세계의 큰 형 노릇을 하고 있는 미국이 트럼프를 대통령으로 뽑은 것이 통치의 새로운 조류를 알리는, 그 이전 정치와 선을 긋는 정치계 혁명이라고 봐."

"트럼프가 졸지에 혁명가 된 거네……!"

"트럼프가 대통령 후보자 토론 프로그램에 나온 거 기억나? 사회자가 트럼프한테 질문했지. '정치인들에게 돈을 줬다면서요. 그걸로 사업 특혜를 받았다던데요?' 트럼프가 뭐라 했을 거 같아?"

"글쎄, 우리 같으면 이리저리 말도 안 되는 논리로 빠져나가려 했겠지."

"트럼프가 말하길, '네, 줬습니다. 여기저기서 전화가 많이도 왔어요. 원하는 만큼 다 줬습니다. 그리고 내가 필요한 게 있어서 부탁을 하면 다 들어줬어요. 정치 시스템이 완전히 부패한 거죠'라며 그 특유의 오른쪽 엄지와 검지를 말아쥔 제스처로 뻔뻔스럽게 말했어."

"뻔뻔하지만 멋지네!"

"그게 달라진 거야. 이전 같으면 그건 자신의 치부를 드러낸 거잖아. 지겹게 들어온 정경유착이지. 그런데 사람들은 그런 지나칠 정도로 솔직한 뻔뻔함에 매료된 거야. 흔히 사람들이 떠들듯 트럼프가 미친놈이었겠냐. 미친 척하는 거지. 사람들은 이전 정치인들이 고상한 지성인인 척하면서 기존의 정치 패러다임을 쫓던 것에 신물난 거야. 공화당에 속해 있을 뿐이지, 그는 보수도 진보도 아니야. 미국의 이익을 최우선하겠단 정책은 오히려 급진보지."

"맞아, 트럼프 아니면 누가 멕시코 국경에 담을 쌓을 생각을 하겠어? ㅍㅎㅎ."

"그래서 사람들이 자신의 생각을 떠들어대는 정치인보다는 대중의 마음을 읽어주는 기업인에게 쏠린 거라고 봐. 국민들이 보수도 진보도 아닌 21세기 마키아벨리에게 표를 던진 거지. 결국 트럼프는 그가 잘나서라기보단 기존 정치에 대한 반감으로 더 큰 지지를 얻게 된 거야. 물론 그 저변엔 빈부 격차가 극심해지고 복지도 그지 같아지고, 모든 면에서 미국의 상황이 거의 바닥이었다는 사실이 깔려 있는 거고. 잘 살고 잘 먹고 지낼 때야 고상한 거에 끌리는 건 당연한 거잖아."

"흠…… 그럴 듯해. 그런 면에서 보면 우리의 민주정의가 훨씬 앞서 있는 것 같네. 10년 전에 미투 터졌을 때 생각해봐. 유력한 차기 대통령 후보와 유일한 노벨문학상 후보가 단번에 뎅강 떨어져 나갔잖아. 권력 좀 쥔 정치인, 검사, 언론인, 예술인, 연예인…… 마치 동백꽃이 통째로 떨어지듯 말이야. 한창 피어오른 절정에서 바로 픽! 하고 떨어졌잖아. 나는 동백꽃 떨어진 거 볼 때마다 섬뜩하더라. 마치 단두대에서 잘려 나온 얼굴들이 뒹구는 것 같아 보여."

"햐~ 그거 아주 절정의 비극미가 느껴지는 비유인데……! 난 동백꽃 보면서 그런 생각 한 번도 못해봤다."

지열이 상빈의 문학적 상상력에 감탄하며 자신의 정치적 상상력을 이어갔다.

"트럼프가 생각하는 이 세상은 프레데터predator와 빅팀victim, 즉 포식자와 희생자로 단순하게 구분되어 있어. 당연히 트럼프 자신은 포식자인 거고. 그 막강한 포식자가 되기 위해 트럼프는 자신을 공격하는 자들을 응징하고 어려운 시기를 교묘하게 넘기며 대통령 자리까지 차지했거든. 한마디로 권모술수의 대가. 트럼프는 이 시대 변질된 아메리칸 드림의 표상이야. 폴리티컬 커렉트니스political correctness의 입장에서 볼 땐 분명 왜곡된 형태지. 하지만 미국 국민들은 돈 많고 거리낌 없는 그를 롤모델로 삼았거든. 미국 건국의 기초가 됐던 청교도 정신은 이미 똥 됐지. 그리고 말이야,

맨날 대중 앞에서 'Only America First!'라고 외치는데 안 넘어갈 미국인이 어디 있었겠어. 대중은 넘어갈 수밖에 없어. 트럼프와 국민의 쏘울이 통한 거지 ㅋㅋㅋ. 결국 only와 first 두 단어로 국민을 자빠뜨린 거야. 정치인이 대중을 다루는 데 그거보다 더 좋은 단어 있으면 나와 보라 해!"

"하하하, 그러게…… 야, 저기 네 여친 온다……"

"아, 그래. 가볼게. 암튼 난 지금 한국의 상황이 2016년 미국 상황과 똑같은 거 같아. 미국은 그때 비상식적인 대통령을 뽑은 게 아니라 초상식적인 대통령을 뽑은 거야. 상식의 잣대를 버린 거지 ㅎㅎㅎ. 나 간다! 불금 하서!"

지열의 말을 듣고 보니 그나마 정치에 관심이 좀 있었던 상빈은 그의 말이 대부분 일리가 있다는 생각이 들었다. 모든 게 최악인 상황이다. 사람들이 초상식적인 선택을 할 수도 있을 것 같았다. 유재석이 대통령에 나온다 해도 뭐 안 될 건 없지 않은가? 그야 늘 행복을 주는 사람이니까. 정치적 잣대란 건 이미 없어진 지 오래고, 사람들은 색다른 그 무엇을 원하고 있다. 상빈은 위키당과 같은 테크노크라트에게 상황이 좀 더 유리할 것 같은 직감이 들면서 동시에 사회민주당의 진로가 궁금해졌다. 이수열은 피델 카스트로 같은 사람으로 자리매김할 수 있을까. 이미 체 게바라가 숭배의 대상이 아닌 상업적 아이콘이 된 이 세상에서 사회주의 정치

관이 먹힐 수 있을까? 상빈은 대학교 2학년 여름 쿠바로 배낭여행
갔을 때가 떠올랐다. 사회주의 쿠바인들이 자본주의 미국인 관광
객들에게 체 게바라가 그려진 티셔츠를 팔고 있었다. 죽은 지 반
세기가 넘었음에도 불구하고 체 게바라는 여전히 인기가 있었지
만, 티셔츠의 얼굴로서만 인기가 있었다. 미국인 관광객이 국가
수입의 큰 부분을 차지하는 쿠바에서 자신들의 정치적 신념이던
사회주의 아이콘 체 게바라가 갖는 가치는 무엇일까? 티 한 장 값
에 지나지 않는 것이었다.

D-4

'최인지 후보 열흘 전 극비리에 미국 방문. 숨겨둔 아내와 아들
만나러 간 듯.'

대통령 선거 나흘을 앞두고 미국에 남겨진 최인지 후보의 부인
과 아들 이야기가 언론에 가십으로 등장했다. 최인지가 미국에 잠
시 다녀온 사실도 공개됐다. 극비리에 출입국한 사실이 어찌 밝혀
졌는지 궁금했는데, 출처는 BBK 주가 조작 사건을 비롯 2016년
국정농단을 파헤치는 데 기여했던 미국 교포신문 〈선데이 저널〉
이었다. 수많은 정치 가십기사들이 〈선데이 저널〉에서 흘러나오
고 그것을 근거로 국내에서 정밀하게 파헤치는 작업이 이루어지

곤 했다.

〈선데이 저널〉에 의하면 최인지가 샌프란시스코의 한 호텔에 들어서는 모습이 포착됐다는 것인데, 망원렌즈로 당겨 찍은 사진에는 회전문을 들어서는 최인지의 옆모습이 보였다. 〈선데이 저널〉이 제기하는 의혹은 최인지가 대통령에 출마한 것을 기회 삼아 그의 동거녀가 그동안 자신을 소원하게 대했던 최인지를 협박한다는 것이었다. 그리고 그녀가 최인지의 제안을 받아들이지 않자 최인지가 급하게 미국까지 와서 해결하려 했다는 것이다.

이 사건은 물론 사회민주당에서 누설했다. 타이밍을 엿보다가 투표 나흘 전을 선택했다. 몇 차례 치러진 여론조사에서 사회민주당은 승리를 확신할 만한 지지도를 확보하지 못했다. 최후의 카드를 들이민 것이다. 늘 그랬듯 정치는 더럽다.

위키당의 긴급 회의가 소집됐다. 투표를 나흘 앞두고 분명 좋은 징조는 아니었다. 최인지 대표는 무겁게 입을 열었다.

"제가 사적인 일로 미국을 방문한 것이 아님을 다시 말씀드립니다. 저로선 양심에 거리낄 것이 전혀 없습니다. 다만 지금 상황에 어떻게 대처해야 할지는 지혜를 모아야 할 것 같습니다."

어떤 일로 미국을 방문했는지에 대해 묻는 사람은 없었다. 일단 급한 불을 끄는 게 급선무였다.

"우선 지금 시중에 떠도는 이야기들은 사실무근이며 이 사실을 배포한 언론에 소를 제기하겠다는 공식적인 입장 발표가 필요할 것 같습니다."

홍보민이 말했다.

"언론중재위원회에서 승소해봐야 귀퉁이에 사과문 내는 것 정도인데, 무슨 소용이 있을까요? 그건 기본으로 깔고, 분명 배후엔 사회민주당이 있을 터인데, 그들의 짓이라는 증거를 잡을 방법이 없을까요?"

최인지의 말투에 조급함이 느껴졌다.

"이것이 몰래 준비했다가 터뜨린 것이라…… 사회민주당과 그들의 편을 드는 팬 퍼시픽 미디어가 연합한 일종의 게릴라 전술입니다. 사회민주당이 정권을 잡을 경우 언론 장악은 팬 퍼시픽 미디어 측의 제안을 바탕으로 이루어질 것이란 사실은 이미 포착됐습니다. 우리가 할 수 있는 일은 이수열과 핵심 당직자들의 메일 문자를 해킹해서 증거를 찾는 것입니다. 그러나 자충수가 될 수 있습니다. 현재로선 투표 전 얼마 남지 않은 시간에 역공할 수 있는 뾰족한 방법이 없어 보입니다. 무엇보다 우리의 공약을 효과적으로 알리는 데 더 신경을 써야 해서요."

손계상의 목소리에 다급함이 묻어났다.

"그래도 어찌 될지 모르니 그들이 주고받은 내용들을 우선 찾아냅시다. 써먹든 말든 일단 우리도 뭔가를 쥐고 있어야겠지요."

2022년 3월

손계상, 홍보민, 그리고 이길승이 최인지와 안면을 트게 된 것은 2022년 초봄이었다. 손계상과 홍보민은 대학 동창으로, 당시 각기 다른 PR 회사에서 한창 잘나가는 중견 간부였다. 손계상은 정치 PR의 전문가였고, 홍보민은 기업의 대소비자 PR에 정통한 사람이었다. 이길승은 AI 물류로 시작한 작은 스타트업을 독보적인 기업으로 성장시킨 후 미국 기업에 넘기고 제2의 스타트업 창업을 구상하기 위해 안식년을 즐기는 중이었다. 세 사람 모두 각 분야에서는 내로라하는 명성과 전문성을 가진 사람들이었으나, 명성과 전문성의 급에서는 최인지를 따르지 못했다. 세 사람이 국내급이라면 최인지는 글로벌급이었기 때문이다.

최인지는 〈와이어드WIRED〉와 같은 IT 전문 잡지에 특집으로 다뤄진 것은 물론, TED를 비롯 다수의 토크쇼에도 출연하는 등 대중적으로도 인지도가 높은 사람이었다. 2019년에는 인공지능이 바꿀 미래의 모습을 예견한 『AI, The Next Planet』이라는 책을 저술해 밀리언셀러가 되기도 했다. 이 책에서 그는 AI가 단순히 우리 일상의 많은 부분을 바꾸는 것이 아니라, 하나의 새로운 행성이 탄생하는 것만큼의 혁명적인 변화를 몰고 올 것이라는 점을 강조했다. 한마디로 우리는 지구가 아닌 전혀 다른 행성에서 살게 된다는 것이었다. 그는 IT계의 연예인이나 다름없었다.

그런 그가 콕 집어 세 사람을 만나고자 한 것은 그들이 그의 비전을 함께 나눌 최적격자라 생각했기 때문이었다. 최인지의 비전은 테크노크라트가 권력을 잡고 기술을 바탕으로 국가를 통치하는 것이었다. 그러기 위해서는 정권을 잡아야 했다. 그가 생각하기에 한국의 정치는, 물론 다른 나라도 크게 다르지 않겠지만, 계보 정치에다 오로지 권력 유지를 위한 정쟁에만 힘쓰다 보니 진작 이뤄내야 할 과업을 수행하는 데는 혁신적이지 못했다. 아무리 진보적인 사람이 정치계에 입문하더라도 일이 년 썩은 물에 물들다 보면 그 밥에 그 나물이 되기 일쑤였다. 그래서 최인지는 그들과 완전 다른 생태계에서 성장한 사람들이 정권을 잡아야 한다고 생각했다. 낡은 그 어느 것과도 타협하지 않고 오로지 목표 달성을 위한 순수 열정과 첨단 지능을 탑재한 정치 엘리트 그룹을 만들어야 한다고 생각했다. 그것이 위키당의 창당으로 이어졌다.

위키당은 2024년 국회의원 선거에서 참신한 바람을 불러일으키며 기존의 야당을 밀어내고 제1야당의 자리를 차지했다. 그것은 한국 정치의 혁명이었고 대한민국 정치사에 확실하게 각인될 사건이었다. 그때의 언론 헤드라인은 이렇게 포효했다.

'테크노크라트가 낡은 정치의 죽음을 선언하다!'

'마침내 보수와 진보의 이분법을 깬 테크노크라트의 압승!'

이후 위키당은 스타 최인지 대표의 지성과 명성을 한껏 활용하며 2027년 대통령 선거에 대비했다. 이제 그들의 비전을 확실하게 현실로 만들 기회를 목전에 두게 된 것이다.

최인지는 2022년 당시 세 사람을 각각 만나 의견을 개진한 뒤 어느 정도 분위기가 무르익자 세 사람을 한자리에 초대해 밀담을 나누었다. 2022년 3월 중순 베이징 동계올림픽이 막 끝난 후, 롯데호텔 32층 그의 밀실에서였다.

"어이쿠, 와주셔서 감사합니다. 손계상, 홍보민 두 분은 이미 업계의 무림에서 적어도 10합은 치러야 승부가 날까 말까 한 고수들이시고, 여기 이길승 대표는 초면일 테지만 언론 보도로 많이 접해서 잘 아는 분 같을 거예요. 길에서 만나면 자신도 모르게 인사할 거 같은…… 왜 연예인 보면 그렇잖아요? 마치 아는 사람인 것처럼 ㅎㅎㅎ."

최인지의 소개 멘트에 모두들 큰 웃음을 터뜨렸다.

"올림픽은 보셨습니까? 한국이 여전히 10위권 내에 머문 것도 놀라운 일이지만, 저는 이번 올림픽에서 선보인 테크놀로지의 새로움에 놀랐습니다. 2012년 런던 올림픽이 기존의 전통 미디어로 대변되는 올림픽 행사에서 벗어나 소셜미디어의 생태계를 적극 도입한 최초의 올림픽이었다면, 이번 베이징 올림픽은 테크놀로지 시대의 올림픽의 막을 올리는 역할을 한 셈이죠."

2022년 베이징 올림픽은 기술 중심 세상의 새로운 면모를 압축해서 보여주었다. 개막식에는 수백 개의 별똥별이 하늘에서 떨어져 내렸다. 그것도 색색의 긴 꼬리를 달고. 사람들은 인공우를 내리게 하는 것도 아니고 어떻게 별똥별을 쏟아지게 한 것인지에 대해 놀라움을 감추지 못했다. 그들은 수백 개의 인공위성을 쏘아올린 후 그것을 컴퓨터에 입력한 궤적대로 인공낙하 시켰는데, 각각 다른 종류의 금속가스를 분출하도록 하여 형형색색의 별똥별 천체쇼를 펼쳐 보인 것이었다.

놀라움은 여기서 그치지 않았다. 전체 자원봉사자의 절반을 로봇으로 대체했다. 로볼란(로봇 볼런티어의 줄임말)으로 명명된 이들 자원봉사 로봇들은 영어, 중국어, 일본어, 스페인어, 프랑스어의 5개국어를 자유자재로 구사했으며, 음성과 모니터의 자막을 통해 사람들이 원하는 내용을 즉각적으로 처리할 수 있는 능력을 가지고 있었다.

인공지능 서비스를 제공하는 선수촌 숙소에는 아침 첫 소변을 분석해 건강 상태를 모니터에 보여주는 장비도 등장했다. 그에 따라 그날의 개인별 식단 메뉴가 정해졌고 모자라는 영양분은 비타민으로 처방해주었다. 식당에 가면 이미 테이블에 음식과 비타민이 세팅되어 있었다. 베이징 올림픽을 관전한 사람들은 그 새로운 시도에 놀라기도 했지만 한편으로 두려움을 갖기도 했다. 인공지능과 첨단기술로 무장한 로봇의 세상이 본격적으로 닥칠 것이라는 예감 때문이었다.

올림픽과 IT를 화두로 서론을 시작한 최인지는 거기에 정치를 접목시키며 본론을 시작했다.

"사실 올림픽이야말로 새로운 테크놀로지를 선보이기에 아주 좋은 행사 아니겠습니까. 저는 정치는 그보다 더 큰 위상을 가지고 있다고 생각합니다. 정치는 새로운 법을 만들고 그것을 일상생활에 적용시킴으로써 사람들의 일상을 바꾸는 일인데, 올림픽에서처럼 단순히 보여주기 위한 것이 아닌 생생한 체험의 현장이지요. 기술이 일상을 바꿀 수 있다는 것을 체험하게 하는 거예요. 그래서 오늘 이 자리에 이렇게 귀하신 세 분을 모셨습니다."

"최인지 대표님의 구체적인 비전은 어떤 것인가요?"

손계상이 질문했다.

"아주 간단합니다. 한마디로 'AI로 대한민국의 일상을 바꾼다' 입니다. 이미 스마트폰과 같은 디지털 기기로 우리 일상이 바뀌긴 했지만, 알고 보면 이 세상은 더욱 크게 바뀔 가능성이 있는 것이거든요. 그런데 그렇게 바뀌지 못하는 이유가 바로 터무니없다고 느껴질 정도의 법의 제재입니다. 법으로 제재하는 이유는 여러 이익집단의 이익이 대립하기 때문이지요. 즉, 우리가 원하는 방향으로 국가를 만들어가려면 법을 바꿔야 합니다. 법을 바꾸는 가장 수월한 방법은 정권을 잡고 원내 다수당을 확보하는 것이지요. 아주 현실적인 문제입니다."

최인지의 속내를 알게 된 세 사람의 머리 위에는 말풍선이 생겼다. 어떤 미래가 닥칠지는 몰라도 최인지의 구상이 현실이 된다면 그것은 혁명이 될 것이라는 생각이 떠올랐다. 자칫 잘못하면 과도한 기술 위주의 디스토피아가 만들어질 것이라는 우려도 함께. 그 짧은 순간에도 그들의 말풍선 속엔 폭풍과 같은 생각들이 생겼다 사라졌다.

"한 예를 들어볼까요? 대한민국의 자동차 산업이 얼마나 급성장했습니까? 나사 하나 못 만들던 나라에서 자동차를 만드는 기적을 일궈냈죠. 처음엔 질 낮은 자동차 취급받다가 점점 뛰어난 품질로 독일 차들의 아성에 다가갔는데, 다시 뒤처진 이유가 전기자동차 개발이 많이 늦어졌기 때문이죠. 이미 벤츠, BMW 같은 자동차들은 2020년까지는 하이브리드 차로 대체하고 2045년까지는 가솔린차를 없애고 모두 전기차로 대체하겠다는 계획을 공식적으로 발표했죠. 그리고 전기 충전소 등 잇따르는 인프라를 구축하는 것도 세심하게 준비해왔습니다. 그래서 친환경 전기자동차 분야에서도 여전히 최고로 사랑받는 브랜드로 자리매김했습니다. 그러나 당시 한국의 자동차 연구소에는 수많은 내연기관 전공자들이 자릴 차지하고 있었어요. 그들은 자신들의 집단이익을 포기하려 하지 않았고, 정부와 기업은 재빨리 개혁하는 데 실패해서 지금 다시 뒤처지고 있지 않습니까. 최근 자료를 보니까 전기차 시장에선 중국 차에도 마켓셰어에서 처지고 있더군요. 기존의 정치적 잣대로는 그 어떤 개혁도 이뤄낼 수 없습니다."

최인지는 한 치의 오차도 없이, 한숨 돌릴 틈도 없이 자신의 생각을 쏟아냈다. 마치 로봇이 저장된 내용을 일사천리로 암송하듯이. 마지막으로 최인지는 한마디를 덧붙이며 자신의 확고한 신념에 방점을 찍었다.

"지금까지 한국 사회는 정치와 언론이 만들어온 페이크 뉴스에 혼란스러웠습니다. 몇 년 전 지지덮 사건이 상징적이었잖아요. 대놓고 페이크를 표방하고 나선 지지덮이라는 이름의 1인 미디어 말입니다. 페이크 기사 때문에 당시 아이돌 가수가 자살을 했지요. 사람들은 여전히 팩트와 페이크 사이에서 혼란스러워합니다. 여기에 우리가 지닌 강점이 있습니다. 기술이요. 우리의 무기인 기술은 정직하지요. 거짓말하지 않습니다. 그 이미지가 현 한국 정치에 매우 중요합니다. 테크노크라트가 가진 전문성이라는 지성과 정직성이라는 심성으로 국민들에게 접근해야 합니다. 전문성과 정직함!"

"결국 우리 넷이 힘을 모아 2024년 총선에서 다수당을 만들기 위한 창당을 하자는 것이죠? 기술 중심의 엘리트들을 정치 세력화하자는 말씀이네요."

이길승 대표가 질문했다.

"댓츠 이그젝틀리 왓 아임 세잉!"

기분 좋으면 영어가 튀어나오는 최인지의 반응이었다.

탁자에 놓인 차들이 그대로 있었다. 모두들 최인지의 확고한 신념에서 주의를 돌릴 틈이 없었다. 실로 대단한 카리스마였다. 단순히 엔지니어 출신이라고만 볼 수 없는 그의 빈틈없는 논리 전개에, 홍보에 잔뼈가 굵은 두 사람도 약간 얼이 나간 느낌이었다. 최인지는 지구를 염탐하러 온 외계인 같은 느낌이었다.

D-3

최인지의 숨겨둔 가족이 미국에 있다는 가십은 그저 가십거리로 끝을 맺게 됐다. 투표가 있기 사흘 전, 그러니까 가십성 폭로 기사가 누설된 바로 다음 날 핵폭탄과 같은 사건이 터졌다. 북한의 김정은이 CNN에 나와 폭탄선언을 한 것이었다. 낮 12시 정오였다. 북한 측은 이미 CNN과 협의를 마치고 만반의 준비를 갖춘 상태였다. CNN 입장에서는 완전 특종이었기에 북한의 제안을 비밀스럽게 받아들였었다.

"저는 남한에서 벌어지고 있는 어처구니없는 일을 까발리기 위해 이 자리에 나왔습니다. 제가 지금부터 말하는 것은 정확한 정보에 근거한 사실입니다. 제가 직접 밝혀야만 모든 분들이 진실이라 믿을 것이기에 이 자리에 나왔습니다."

공식석상에 잘 나타나지 않는 김정은이 스스로 모습을 드러낸 것도 놀라운 일이거니와, 무언가를 터뜨릴 목적이 분명한 발표이기에 처음부터 긴장감이 감돌았다. 마흔세 살의 김정은은 남북정상회담 이전의 호전적인 모습으로 돌아가 있었다.

"남한의 위키당 후보 최인지는 미국이 보낸 첩자입니다. 미국은 CIA와 정부가 짜낸 계략으로 남한을 지배하려 하고 있습니다. 그 앞잡이로 최인지를 대통령으로 만들려고 하는 것입니다. 이는 최근 중국으로 망명한 CIA요원으로부터의 정보이며, 아주 구체적인 증거와 정황이 있으나 그 이상 밝힐 수는 없습니다. 더 이상 미국이 교묘한 방식으로 다른 나라의 내정에 간섭하는 일이 없기를 엄중히 경고하는 바입니다."

김정은은 자기가 할 말만 내뱉고는 자리에서 벌떡 일어나 화면 밖으로 사라졌다. 상상도 할 수 없는 내용의 발언이었다. 그의 표정에는 지구가 태양에 똥칠할 때까지 정권을 유지하겠다는 의지가 흘러넘쳤다. CNN 앵커는 깜짝 놀란 표정이었다. 애초에 김정은은 북한을 정치 중립국화하겠다는 북미중 삼자회담의 내용에 대한 북한의 입장을 밝히는 회견을 하겠다고 했고 그것도 국가 외무상을 통해 발표하겠다고 했는데, 그 합의를 느닷없이 뒤엎은 것이었다. 인터뷰가 허용되지 않는 일방적인 발표였기에 대처할 방법도 없었다. 게다가 미국의 이미지에도 엄청난 먹칠을 할 수 있는 내용이었기에 CNN 앵커의 얼굴에는 우려의 표정이 역력했다.

이 회견은 단순히 남한의 정치계에만 영향을 미친 것이 아니었다. 김정은의 발표의 의도가 무엇인지에 대한 수많은 설들이 오고 갔다. 그중 유력한 것은 미국과 중국이 북한을 압박해서 북한을 중립국화하고, 이를 위해 두 나라가 향후 10년간 북한에 원조를 제공하며 그 대가로 핵 폐기를 검토한다는 내용의 4.22 각서에 관한 항명이라는 것이었다. 미국, 중국, 북한의 외교 정상들은 2027년 4월 22일 베이징에서 만나 이런 내용에 합의하는 각서를 채택한 바 있었다. 물론 그 이전에 3국 정상들 사이에서 물밑 작업을 통한 합의가 있었다. 그러나 북한이 핵 폐기를 결정할 것인지는 여전히 의문이었다.

김정은이 느닷없이 미국을 자극할 수 있는 이런 반응을 내비친 것은 아직도 자신이 호락호락 넘어갈 존재가 아니라는 사실을 전 세계에 과시함과 동시에, 미국으로부터 더욱 이로운 조건의 원조를 받아낼 속셈이었던 것으로 판단됐다. 미국이 이에 예민한 반응을 보인다면 아직 핵을 보유하고 있는 북한으로선 미국에 핵미사일을 쏘겠다고 선언해버리면 그만일 테니까. 핵을 보유하고 있는 한 끝까지 최대한 이득을 보겠단 심산이었다.

다른 한편으로는 북한이 남한의 사회민주당을 지지하기 위한 포석으로 보는 시각도 있었다. 이 의견을 개진한 한 인터넷 신문은 이미 이수열 대표와 김정은 사이에 교감이 있었으며, 사회민주당이 정권을 잡으면 북한의 정치적 자립을 위해 함께 대처한다는 밀약이 오고갔다는 내용을 소셜미디어를 통해 퍼뜨렸다. 사실 무근인지 유근인지는 알 수가 없었다. 하지만 상당히 근거가 있는 루머였다. 2016년 미국 대선과 다음 해 프랑스 대선에서 러시아는 힐러리와 마크롱의 비밀 이메일이나 회계 정보를 해킹, 유출해서 타격을 입히고 그들이 원하는 자가 대통령에 당선되도록 공작을 펼쳤다. 불법 공작을 통해 타국의 대선에 영향을 끼친다는 것은, 모든 자료가 디지털로 저장되고 또 그 자료를 소셜미디어를 통해 무작위로 뿌릴 수 있어서 가능한 21세기형 범죄였다. 사실 북한도 그 정도 또는 그 이상의 해킹 능력이 된다는 것은 국제 사회에서 인정되어오던 터였다. 다만 북한이 어떤 건수를 터뜨릴 것인가를 예의 주시해왔는데, 남한의 대통령 선거를 기회 삼아 그들의 해킹 실력을 입증했다는 것이 CNN의 잠정적인 분석이었다. 소셜에서는 이수열과 김정은의 밀약설이 소설처럼 나돌았다. 암튼 대통령 선거 전의 일주일은 온갖 풍문이 공기를 대체하는 법이다. 풍문을 마시고 산다고 해도 과언이 아니니까.

최인지의 선거 캠프는 허리케인에 침수당한 오두막집 꼴이었다. 모든 당직자들과 참모들은 우왕좌왕했으나 최인지는 담담했다. 일은 벌어진 것이니 수습하면 되는 것이었다. 최인지는 이것이 오히려 자신에게 유리한 상황이 될 것이라는 판단을 했다. 김정은의 발표 내용이 설령 터무니없는 것이었다 하더라도, 미국이 그만큼 자신을 믿고 밀어준다는 사실이 암묵적으로 확인된 것이기 때문이었다. 게다가 젊은 층 사이에서는 미국이 한국을 돕는 게 뭐가 문제냐는 분위기가 이미 형성돼 있었다. 그들에게 영혼이 없어진 지 이미 오래였다. 돈이 전부였다. 대학생들이 반미투쟁을 외치며 미 대사관을 점거했던 사건은 곰이 쑥을 먹고 사람이 됐다는 신화와 같은 얘기일 뿐이었다. 그들을 탓할 이유는 전혀 없었다. 사회가 그렇게 만든 것이니까.

사실 선거일 이주 전 최인지의 급작스러운 미국행은 구글 본사를 방문하기 위함이었다. 최인지는 창당 당시부터 구글로부터 비밀리에 정치자금을 받았다. 구글은 최인지의 공식 후원자였다. 그의 구글 방문의 목적은 구글의 진척된 기술이 한국 사회에 어떻게 쓰일 수 있을지에 대한 최근 정보를 얻기 위함이었다. 그것은 최인지 자신의 마지막 공약 발표에 활용될 매우 중요한 내용이었다. 발표하지 않은 한 가지 공약을 투표 하루 전날 깜짝 발표할 예정이었던 것이다. 결국 미국에 남겨둔 가족 운운하던 가십은 꼬리 끝도 보이지 않고 사라져버렸다.

최인지는 선거와 관련된 모든 핵심 당직자들을 자신의 방으로 불렀다. 20명 가까이 되는 숫자였다.

"그동안 고생 많으셨습니다. 결전을 사흘 앞두고 북한 김정은으로부터 좋은 선물을 받았네요."

좋은 선물이라는 말을 듣는 순간 모든 당직자들의 얼굴에 표현키 어려운 표정이 스쳐 지나갔다. 최인지는 계속해서 자신이 짧은 미국 체류 동안 구글을 방문했던 사실이며 그들이 위키당을 적극 지지하고 있다는 사실도 밝혔다.

"모든 조건이 우리에게 유리하게 돌아가고 있습니다. 여러분은 절대 흔들릴 이유도 필요도 없습니다. 저를 믿고 따라주세요. 선거 전날, 그러니까 모레 오전 10시에 긴급 기자회견을 열어주세요. 선거 전 마지막 유세이기도 합니다."

"기자회견에서 어떤 말씀을 하실 건가요? 당직자인 우리도 알고 있어야 긴급 상황에 대처할 수 있지 않을까요?"

"말씀하신 우려 사항 이해합니다만, 우리 내부에도 비밀에 부쳐두고 싶네요. 그저 저만 믿어달란 부탁을 다시 한 번 드리겠습니다. 여러분에게도 깜짝 뉴스를 선물로 드리고 싶어서요."

더 이상 질문이 나올 수 없는 상황이었다. 최인지는 핵심 3인방만 남겨두고 모두 자리를 비켜달라 부탁했다.

최인지의 방엔 그를 포함 네 명만 남았다. 최인지는 잠시 뜸을 들였다. 긴장과 기대가 교차했다. 최인지는 한 번 길게 심호흡을 한 후 선거 전날 가질 기자회견 내용에 대해 세 사람에게 차분한, 그러나 단호한 어조로 설명해주었다. 세 사람의 얼굴에 놀라움이

스쳤다.

"정확히 30분입니다. 발표 25분, 질의응답 5분. 30분이 지나면 질문 안 받고 자릴 뜹니다. 이런 사실을 기자들에게 미리 숙지시켜 주세요. 사실 기자회견 형식을 빌린 것이지, 공약 발표회라고 생각 하시면 됩니다. 긴장감을 고조시키려고 기자회견이란 방법을 사용 한 것뿐이니까요. 짧은 시간에 전광석화와 같은 발표를 끝내야 저 들의 상상력을 더 자극하게 됩니다. 임팩트만 주고 빠지는 것이죠. 사람들은 거의 하루 종일 멘붕 상태일 것입니다. 그러고는 다음 날 투표지의 최인지에 마킹을 하게 될 거고요. 마치 최면에 걸린 것처 럼. 아, 그리고 고화질 AR 스크린 설치 잊지 마시고요."

이미 대세는 결정난 것 같았다. 그럴 것 같다는 느낌이 세 사람 의 형언하기 어려운 표정에서 묻어났다.

D-2

"김정은의 저 발표가 우리에게 매우 유리하겠지요?"

김정은의 발표를 함께 모여서 본 직후 이수열 후보가 미소를 띠 며 당직자들에게 물었다. 사실 질문의 형식을 취한 것뿐이지 그럴 것이라는 자기 확신을 표출한 것이었다.

"네, 김정은이 생각지도 못한 도움을 주네요. 사실 우리의 전략이 아무리 훌륭하다 해도 막바지에 이를수록 운이란 게 큰 작용을 하는데, 이건 거의 하늘의 계시 같습니다. 이수열을 이 땅의 대통령으로 모시라는!"

마치 목사님의 부흥회 설교처럼 임정수의 떨리는 목소리가 실내에 퍼졌다.

"마음을 정하지 못한 중장년의 유동층도 북한의 저 발언을 듣고는 최인지한테 표를 던질 수야 없겠지요. 그래도 끝까지 긴장을 늦추면 안 됩니다. 마지막 선거 유세가 언제지요?"

"4월 27일 오전 10시입니다. 공식 유세는 그것으로 마지막입니다. 최근 개장한 노인과 장애인을 위한 첨단 요양센터를 방문하실 예정입니다. 그곳에서 시작해서 중요 포인트를 돌며 오후 5시에 마칠 계획입니다."

"알겠습니다. 자, 마지막까지 화이팅합시다! 화이팅!"

"화이팅!!!!"

10평 남짓 되는 사무실 안에서 화이팅이 터져 나갈 듯 울려 퍼졌다. 이수열은 벌써 자신이 청와대에 입성하는 그림을 머리에 떠올리고 있었다. '이런 게 로또라는 거지!' 이수열은 뜻밖에 찾아온 큰 행운에 마음속에서 벌어진 입을 다물지 못했다.

다음 날 오전 9시 양민석 수석 보좌관이 문을 열고 들어왔다.

"방금 들어온 소식 하나 전해드립니다. 어제 오후부터 위키당 분위기를 파악하기 위해 그쪽 지인을 통해 상황을 점검했는데, 조금의 당황함도 없이 오히려 좋은 분위기였다 하네요. 뭔지는 몰라도 상황을 반전시킬 묘책을 최인지가 갖고 있는 듯 느껴졌답니다. 회의를 마치고 나온 핵심 참모진도 조금의 당황함도 없이 이것저것 점검하고 지시를 내리면서 평상시와 전혀 다를 바가 없답니다. 그런데 뭔가 비밀스러운 작업이 이루어지는 듯한 묘한 분위기가 있다고 합니다."

"지금 그들이 김정은의 폭탄발언에 대처할 만한 게 뭐가 있겠어요. 담담한 척하는 것이겠지요. 우리는 저들 동정에 신경 쓸 것이 아니라 마지막까지 우리의 열정을 한 사람에게라도 더 보이는 데 힘을 모으도록 합시다. 최근 여론조사는 어떻습니까?"

"마지막 공식 발표가 오늘 있을 예정인데, 별 차이가 없을 것으로 보입니다. 저희와 위키당이 42~3%에서 오르내리고 있고요, 나머지 잡당이 15%를 나누어 갖고 있습니다."

"ㅎㅎㅎ 잡당이라, 잡당 맞지요. 오합지졸들……"

"터뜨릴 샴페인도 준비해두었습니다. 올 초에 한국에서 개발된 '오름' 샴페인입니다. 제주도의 오름을 딴 이름이지요. 샤도네이 종을 들여와 제주도에서 길러 실험했는데, 화산재 토양에서 자란 포도들이 독특한 향취를 만들어냈다 하네요. 한국의 대표적 샴페인이기에 적극적으로 홍보하는 것도 도움이 될 것 같습니다."

"아, 그래요. 벌써 세심한 부분까지 준비를 마쳤군요. 마지막까지 청년들의 표심을 끌어내는 데 집중합시다."

제주도가 고향인 이수열의 얼굴은 벌써 한 잔 들이켜기라도 한 듯 벌겋게 상기되었다.

"네, 알겠습니다. 이미 각 대학을 돌며 21세기형 사회주의에 대한 우리 당의 비전을 적극적으로 설파했고 반응이 아주 좋았습니다. 무엇보다 젊은 층들이 사회주의를 하나의 이즘으로 보지 않고 정치적 퍼포먼스처럼 느끼더군요. 한마디로 멋지다는 거죠. 체 게바라가 새겨진 에코백을 들고 다니는 것처럼 말이죠!"

두 사람은 서로 격려하며 하이파이브를 나눴다. 곧 대통령과 곧 대통령 비서실장이 될 사람처럼.

D-1

2027년 4월 27일 아침 6시 평상시처럼 최인지는 잠에서 깼다. 기자들 앞에서 중요한 공약 발표를 하는 날이다. 그는 커튼을 열어젖히고 창문을 열었다. 완연한 봄이었다. 핸드폰에서 헨델의 〈L'Allegro, il Penseroso ed il Moderato〉를 재생했다. 골드문드 스피커에서 갓 깨어난 린 도슨 Lynne Dawson과 이안 보스트리지 Ian Bostridge의 목소리가 방안을 채우기 시작했다. 헨델이 밀턴의 시 〈L'Allegro〉에서 영감을 받아 작곡한 이 음악은 최인지가 묵상이 필요할 때면 늘 듣는 음악이었다. '새벽이 밤을 훔쳐가듯이As steals the morn upon the night'라는 가사가 흐르는데, 최인지는 이 소절을 가장 좋아했다. 차분함 속에서 몸 전체의 신경줄에 열정의 호흡을 불어넣어주는 느낌의 음악이었다. 최인지는 마음이 단아해지고 단호해졌다.

같은 날 오전 10시 이수열은 요양센터에 모습을 나타냈고, 같은 시각 최인지는 당사에 마련된 회의실에서 기자회견을 앞두고 있었다. 드디어 최인지가 등장했고, 엄청난 수의 플래시가 빛을 발했다. 최인지가 자리에 앉자 뒷벽에 AR 스크린이 형성됐고, 그 스크린 속에 외국인 몇 명이 자리에 착석한 모습이 증강현실로 구현됐다.

"오늘 이 자리에 와주신 기자 여러분께 우선 감사드립니다. 오늘은 공식적인 선거 유세 마지막 날입니다. 저는 유세 대신 그동안 저에게 쏟아진 이상한 소문에 근거한 의심을 없애기 위해, 제가 발표하지 않은 마지막 공약에 대해 말씀드리려고 합니다. 먼저 이 자리는 저 혼자 진행하는 자리가 아니라, 미국 구글 본사의 CEO, CTO, 그리고 CFO가 함께하는 자리입니다. 스크린에 있는 저 세 분 먼저 소개해드립니다."

미국, 아니 전 세계 제1의 IT 기업인 구글, 거기에서도 가장 중요한 핵심 멤버인 최고경영자와 최고기술담당 임원과 최고재무담당 임원이 자리를 했으니 그 자체가 뉴스거리였다. 그 탑3의 존재감만으로도 최인지에 대한 믿음의 게이지가 올라가기 시작했다. 도대체 무슨 일인 거야?라는 신기함을 넘어선 놀라움의 표정이 모두의 얼굴에 박혀 있었다.

"시간상 요점만 말씀드립니다. 제가 오늘까지 발표를 미룬 마지막 공약은 저 혼자의 생각이 아니라 구글과 협업으로 이뤄진 정책이었습니다. 위키당은 구글과 함께 대한민국의 미래를 함께 건설하고 이를 통해 수많은 일자리를 창출하려고 합니다. 그 첫 번째는 교통의 혁신입니다. 그 혁신을 이룰 아이템은 '드론 에어바이크Dron Airbike'입니다. 쉽게 말해 사람이 드론을 타고 원하는 곳으로 이동하는 것입니다. 구글이 연구개발한 것으로 이미 미국에서 안전도 테스트를 마쳤습니다. 구글과 미국 정부는 한국에서 드론 에어바이크의 시대를 열고자 합니다. 다시 말해 세계 최초로 대한민국은 드론을 타고 직장을 다니고 쇼핑몰에 가고 학교에 가는 시대를 맞이하는 것입니다. 비행 기술은 아주 간단하며 자율주행도 가능합니다. 일인용, 이인용 두 가지 타입이 있습니다. 드론 에어바이크 시스템을 도입하면 드론 운항 관제, 드론 정비 점검, 드론 정거장 설치 및 관리, 그리고 제반 시스템을 운영하는 많은 일자리가 창출됨과 동시에, 무엇보다 교통난을 해소하고 시간 절약의 이익까지 얻게 됩니다. 이에 대해 구글의 CTO 제리 쿤Jerry Kuhn이 보충 설명을 해드리겠습니다. 하이, 제리. 캔 유 익스플레인 모어 어바웃 드론 에어바이크?"

"예스, 인지. 하이, 아임 제리. CTO 오브 히어 인 구글."

마치 잘 짜인 각본처럼 서로의 역할 분담이 되어 있었다. 제리 가 말을 이어갔다.

"드론 에어바이크는 구글이 사운을 걸고 기획 제작한 비히클 vehicle입니다. 드론이 처음 개발되었을 때부터 우리는 이를 교통수 단으로 발전시킬 것을 염두에 두었고, 이것만을 전담하는 기술/상 품기획 부서를 두었습니다. 10년간 디테일을 다듬었고 그 꿈이 실 현된 것이 바로 이 드론 에어바이크입니다. 영상을 잠깐 보시죠."

3분짜리 영상에는 드론 에어바이크를 타고 구글 본사 마운틴 뷰에서 스탠포드 대학 교정까지 이동하고 내리는 아주 간단한 작 동법이 보였다. 마치 해리포터가 빗자루를 타고 하늘을 나는 모습 같았다.

"미국 항공국의 안전 테스트를 거쳤고, 실제 가동에 아무 문제 없음이 판명되었습니다. 한국에서 드론 에어바이크가 최초로 날 아다니는 모습을 보고 싶습니다."

제리는 다시 한 번 안전성을 강조하며 말을 마쳤다. 영상을 본 사람이라면 당장 사고 싶게 만드는 제품이었기에, 안전만이 사람 의 마음속에 자리하는 유일한 걱정일 것임을 간파한 것이었다.

"두 번째는 비트코인을 통한 금융의 혁신입니다. 다시 말해 완 전 개방 금융 시스템 도입입니다. 지금까지 대부분의 나라에서 비트코인은 재화적 가치만 있었을 뿐 사실 그것을 활용한 활발한 상거래가 이루어지지는 않았습니다. 마치 주식 같은 것이었죠. 비트코인의 초창기 시절 '실크로드'라는 온라인몰에서 비트코인을 활용한 상거래가 이루어졌는데, 그곳이 마약 밀거래의 온상으로 변질되면서 큰 물의를 일으킨 적이 있었습니다. 그러나 저는 구글 금융 엔지니어와 함께 범법의 밀거래를 차단하는 개방형 디지털 금융 시스템을 개발했습니다. 이름은 '비트박스BitBox'입니다. 이 프로젝트는 아마존과 협업합니다. 거의 지구상의 모든 물건을 판매할 수 있는 엄청난 규모의 아마존 온라인 플랫폼에 비트코인을 활용할 수 있는 알고리즘을 장착했습니다.

이렇게 되면 금융의 중앙 통제력이 없어집니다. 다시 말해 지금까지 정권이 국민을 장악하기 위해 볼모로 잡아왔던 금융 통제력이 일반인 모두에게 넘어옴으로써 새로운 금융 민주주의를 맞이하게 되는 것이죠. 수많은 소상공인이 제재 없이 온라인에 가게를 열 수 있으며, 아주 간단한 방법으로 상거래가 이루어집니다. 마약, 총기와 같이 제재를 가해야 하는 11개 품목만 감시 대상이 됩니다. 게다가 여기에는 자신의 아이디어를 상품화할 수 있도록 각계각층 전문가의 도움을 받을 수 있는 집단 재능기부 시스템도 포함되기에, 아이디어만 있으면 누구나 쉽게 비즈니스화할 수 있는 장점이 있습니다. 덧붙여 비트코인 뱅크도 형성되어 있어서 아주 쉬운 방법으로 저금리의 대출까지 받을 수 있지요."

기자들 사이에 술렁임이 일었다. 금융 시스템을 완벽한 자율에 맡긴다는 것은 거의 불가능한 일이었기 때문이다. 기린이 물구나무를 서는 것과 마찬가지였다. 이어서 구글 CFO 제이콥 크로이츠Jacob Kroitz가 비트코인의 오픈 금융 시스템이 가져올 파급력에 대해 간단한 설명을 했고, 이제 누구든지 아이디어만 있으면 그것을 상품화해서 비트박스 시장에 내놓을 수 있는 시대가 왔음을 다시 한 번 강조했다.

"세 번째 혁신은 의료 분야입니다. 이미 우리는 첨단 의료 시스템과 위생적인 생활환경 덕분에 장수할 수 있는 시대를 맞이하긴 했지만, 늘어가는 장기와 그로 인한 자연사를 늦출 방법을 고안해내지는 못했습니다. 그러나 구글의 의학 기술로 게놈 지도를 완벽하게 해석할 수 있게 된 것을 바탕으로, 이제 개인 장기의 줄기세포를 3D 프린팅해서 장기를 만들고 자신의 병든 장기와 교체할 수 있는 의학적 성과를 얻어냈습니다. 이제 사람들은 정말 사는 것이 지겨워서 죽음을 경험해보고 싶을 때 스스로 죽음을 선택하게 될 날이 오게 될 겁니다. 이 시스템이 세계 최초로 한국에 도입되면, 그에 따른 새로운 일자리 창출은 물론 의료 관광만으로도 먹고살 수 있는 미래를 머지않은 시점에 맞이하게 될 것입니다. 이에 대해 구글 CEO 래리 페이지Larry Page가 짧은 부연 설명을 드리겠습니다."

스크린에는 전설의 래리 페이지 얼굴이 클로즈업되었다.

"안녕하세요, 래리 페이지입니다. 저희 구글은 존스 홉킨스 대학교와 손잡고 줄기세포의 3D 프린팅을 통한 장기 복제 연구에 12년 동안 무려 1조에 가까운 돈을 투자했습니다. 이미 동물 임상 실험을 마쳤고, 몇몇 말기 암 환자들에게 장기 이식을 통해 96%의 생존율을 확보한 상태입니다. 이 기술은 먼저 미국과 한국에 동시적으로 적용하려 합니다. 그만큼 한국의 의료 기술 및 시술 수준이 높은 데다가 아시아 의료 시장의 핵심이기 때문입니다."

발표가 끝나고 기자들의 질의응답 시간이 되었다. 최인지 후보가 질문하라는 말을 건네며 물로 목을 축였다. 그러나 장내는 조용했다. 아주 이상한 조용함이었다. 그 절반은 휘몰아치는 프레젠테이션에 정신을 못 차린 것이었고, 나머지 절반은 지금 이 상황이 현실인지 환상인지 종잡을 수 없었기 때문이었다. 계속 어색한 침묵이 흘렀다. 이윽고 기자 한 사람이 손을 들었다.

"팬 퍼시픽 미디어 전무일 기잡니다. 지금 설명하신 모든 내용이 한국에만 배타적으로 처음 적용될 거란 건가요?"

"네. 장기 복제 및 시술만 미국과 동시에 시작하고 나머지는 한국에서 처음 선보입니다. 물론 제가 대통령이 된다는 가정하에서지요!"

마지막 "대통령이 된다는 가정하에서지요!"가 깔끔한 마무리였다. 더 이상의 질문도 없었다. 현장에 있던 사람들은 구글 핵심 인물들의 설명을 듣고 실제로 현실화된 내용을 영상으로 보았다. 게다가 그들은 최인지를 지지하고 최인지가 대통령이 되면 그 모든 기술을 한국에 적용하겠다는 약속을 공식화했다. 그다음 날 치러질 투표는 별 의미가 없어 보였다. 최인지가 언급한 대로 사람들은 최면에 걸린 것처럼 기호 2번 최인지에게 마킹을 하게 될 것이었다. 이미 최인지는 청와대에 반은 입성해 있었다.

"더 자세한 내용은 곧 배포할 보도자료를 참고해주세요. 감사합니다."

자리에 있던 기자들에게 최인지의 그 마지막 멘트는 "대통령으로 뽑아주셔서 감사합니다"로 들렸다.

D-Day

예상대로 최인지가 제21대 대통령으로 당선됐다. 압승이었다. 78%의 높은 투표율을 기록했고, 최인지는 그중 64%의 표를 획득했다. 사회민주당이 30%, 기타 잡당이 6%였다. 예상보다 투표율이 높았던 것도, 64%의 높은 득표를 기록할 수 있었던 것도 바로 전날 있었던 기자회견 덕분이었다. 기자회견이 끝나고 다음 날 투표가 끝날 때까지 세간의 화제는 대통령 선거보다는 구글과의 기술 협약, 최인지가 준비한 기가 막힌 프레젠테이션, 그리고 최인지의 막강한 파워에 관한 것이었다.

최인지 당선자는 당직자들과 지지자들에 둘러싸여 승리의 기쁨을 나누고 있었다. 그러나 이제 시작일 뿐이었다. 갈 길은 멀었다. 그가 이뤄내야 할 임무는 내세운 공약뿐만이 아니었다. 해결해야 할 문제가 산적해 있었다. 가정 하나 꾸리기도 힘든 일인데, 몇 천 년의 역사를 가진 나라를 위기에 휩쓸리지 않고 안전하게 이끌어 간다는 것은, 게다가 말 많고 불평 많은 국민들을 만족시킨다는 것은 쉽지 않은 일임이 분명했다. 그제서야 현실의 무게감이 어깨에 와 닿기 시작했다. 갑자기 피로감이 몰려왔다. 최인지는 잠시 자신의 방으로 들어와 혼자만의 시간을 가졌다. 재킷을 벗으려다 주머니 속에 있는 작은 쪽지가 만져져 꺼내들었다. 투표 전날 기자회견 스케줄을 정리한 쪽지가 남아 있었다. 그 쪽지에는 다음과 같이 적혀 있었다.

최인지: 모두 발언 및 구글 임원 소개 3분

최인지: 드론 에어바이크 소개 3분

Jerry: 드론 에어바이크 보충 설명 4분(영상 포함)

최인지: 비트코인 금융 소개 3분

Jacob: 비트코인 금융 보충 설명 4분(영상 포함)

최인지: 의료 장기 복제 소개 3분

Larry: 의료 장기 복제 보충 설명 4분(영상 포함)

1분여 시간 확보

질의 응답 5분

한 치의 오차도 없이 기획된 대로 진행된 발표였다. 미국과의 실시간 대화가 이렇게 성공적일 수 있었던 것은 그가 극비리에 미국을 방문한 사실 때문이었다는 게 비로소 알려졌다. 그의 숨겨둔 가족의 진위 여부는 이미 세간의 관심에서 사라졌다.

사회민주당은 이미 선거 전날부터 초상집 분위기였다. 위키당이 저런 생쇼를 펼칠지 감도 못 잡은 것에 대한 질타가 이어졌다. 듣도 보도 못한 선거 전략이었기에 어찌 손쓸 수도 없는 상황이었다. 선거일 저녁 7시경 이수열은 수고한 당직자 및 선거운동원들과 일일이 악수를 나누고 일찌감치 당사를 떠났다. 아쉬움도 슬픔도 느껴지지 않았다. 자신이 초보 정치인에 불과했다는 자괴감만이 깊게 자리했다.

박빙의 승부에서 패배하면 교훈을 얻지만 압도적으로 패배하면 공황을 겪게 된다. 2027년 대선은 테크노크라트의 승리일 뿐만 아니라 구시대 선거 전략과의 단절을 뜻하는 정치 전략의 승리이기도 했다.

최인지의 손에 쥐여 있던 쪽지 뒷장에는 그가 쓴 다음과 같은 글이 적혀 있었다.

'믿는다면, 사실이 아니어도 진실일 수 있다.'

투표일 저녁

투표를 마치고 상빈과 무관은 다른 친구 몇몇과 어울려 펍에서 잡담 중이었다. 무관이 투표를 한 것 자체가 역사적 사건이었다. 저녁 6시부터 시작된 개표 결과를 보니 7시를 넘어서면서부터는 벌써 최인지가 당선자로 굳어지고 있었다. 특히 모바일 투표를 한 사람들의 통계는 단 몇 분 만에 집계되었다.

"무관아, 네가 투표를 했어? 안 한다며?"

"그때는 그때고 지금은 지금이지."

"누구 찍었어?"

"뭘 그런 걸 묻냐? 암튼 내 한 표가 21대 대통령에게 갔지."

"자, 새로운 대통령을 위해 건배하자!"

"건배 구호는 뭐냐?"

"치어스 포 구글 Cheers for Google!"

"그거 너무 드러내는 거 아냐?"

"사실은 사실이잖아. 그럼 '치어스 포 인지 앤 구글'로 하자."

"오케이!"

넷은 각자 다른 생맥주를 뽑아 건배를 나눴다.

"무관아, 새 정부 들어서면 뭐 할 거야?"

"드론 에어바이크. 그거 운영권 우선 민간인에게 준다며, 30년 동안. 그 운영 회사에 취직하려고."

"바로 목표가 생겼군."

"30년 잘 다니면 은퇴할 때 되겠지 ㅎㅎㅎ. 상빈이 너는?"

"난 아이디어 하나 비트박스에 제안해보려고. 잘되면 스타트업 시작!"

"암튼 세상이 이리 바뀔 줄 몰랐다. 엔지니어, 디벨로퍼 뭐 이런 사람들이 세상을 움직이니까. 테크노크라트의 급부상. 최인지가 시대를 잘 만났지."

"최인지의 30분 프레젠테이션, 헐~ 그거 완전 깨지 않던?"

"그러게. 벌써 '인공지능 스피치'란 말이 돌잖아. 한 치의 오차도 없는, 1초의 빈틈도 없는 스피치. 그리고 최인지란 이름도 '최고의 인공지능'의 줄임말이란 조크도 돌고 있어 ㅋㅋㅋ."

"ㅍㅎㅎㅎ. 최고의 인공지능. 그거 말 되네!"

"암튼 뭐라도 희망이 보이는 게 어디냐. 그동안 고생한 거 생각하면…… 꼭 취업이 된다는 보장은 없어도 어디 원서라도 낼 데가 생긴 거니까."

"그런데 말이야, 난 아직도 이상한 게 있어."

상빈과 같은 과를 다녔던 세원이 말했다.

"최인지의 급부상이 어떻게 가능했던 건지 말야. 어느 날 혜성처럼 등장해서 테크노크라트의 시대를 예고하며 위키당을 창당하고 게다가 위키당을 제1야당으로 만들고, 급기야는 자신에게 불리했던 가십들을 한 방에 물리치고 대통령이 됐잖아. 가만히 살펴보면 이게 무슨 영화를 보는 거 같아. 잘 짜인 각본으로 이루어진 사건을 보는 듯하단 거지."

"그럼 사회민주당의 창당과 이수열의 입후보도 이미 각본에 있던 거네…… 말도 안 되는 소리. 세원아, 너 상황극을 넘 많이 봤어, ㅋㅋ……"

"야, 잘 봐봐…… 지금까지 우리가 말도 안 되는 상황극 같은 상황을 너무 많이 봐왔잖아. 김정은이 CNN에 나와 침 튀길 거라고 생각이나 했냐? 게다가 구글이 우리에게 그렇게 편파적인 혜택을 줄 거라고 생각이나 했어?"

"그건 그래. 암튼 영화 같은 현실을 살고 있는 건 맞아. 그럼 우리도 엑스트라 정도는 되는 거네 ㅎㅎㅎ. 야, 우리 최인지 대통령에게 엑스트라 알바 시급 청구하자!"

"야야, 말도 안 되는 소리 그만하고 드론 에어바이크 정비소나 차려!"

대통령 취임 한 달 후

최인지가 대통령에 취임한 지 한 달이 지났다. 나라는 평온했고, 뭔지 모를 움트는 기운에 사람들은 행복해했다. 어느 토요일 저녁, 최인지는 모처럼 자신만의 시간을 갖고 싶었다. 돌이켜보니 폭주 기관차처럼 달려온 몇 개월이었다. 일찍 저녁식사를 마치고 그는 그가 가장 아끼는 영화 〈블레이드 러너〉를 재생했다. 상영 당시 흥행에 실패했으나 후에 명작의 반열에 오른 그 작품에 최인지는 SF의 모든 것이 담겨 있다 생각했다. 미래에 나올 SF도 결국 〈블레이드 러너〉가 전하는 메시지의 범주를 벗어나지 못할 거라 믿었다.

여러 버전을 모두 소유하고 있었지만, 그가 즐겨보는 버전은 디렉터스 컷 버전이었다. 극장판의 아쉬움을 보상한 버전이었다. 누구나 인생에 아쉬웠던 순간을 맞이하고 돌이킬 수 있다면 그것을 보상하고픈 열정에 휩싸인다. 그 점에서 디렉터스 컷은 완전한 복구에 대한 열망을 대변하는 메타포다. 누구나 자기 인생의 디렉터이지만, 누구도 영화처럼 자기 인생을 원하는 방향으로 재편집하진 못한다. 결국 그 누구도 자기 인생의 디렉터스 컷을 만들어내지 못하고 미완성인 채로 찝찝한 죽음을 맞이하는 것이다.

다시 영화를 보면서 최인지는 자신의 삶이 실체에 아주 가까운 메타포일지도 모르겠다는 생각이 들었다. 한 나라의 대통령으로

서 그가 초지일관 자신이 바라던 방향으로 한 방에, 후회 없이, 재편집 없이 통치를 마무리할 수 있을지 걱정이 몰려왔다. '그것이 현실에서 가능할까? 영화를 찍는 것도 아닌데⋯⋯' 주인공 데커 형사가 레플리칸트 레이철에게 사랑의 감정을 느끼는 것처럼 어쩌면 삶이란 실체가 아닌 메타포를 끌어안고 사는 것이 아닐까, 라는 생각을 최인지는 하게 됐다.

이틀 후 최인지 대통령은 이전의 대통령이 그랬듯이 취임 후 처음으로 미국 방문길에 올랐다. 같은 성남 비행장을 이용했지만, 이번엔 대통령 전용기를 탄다는 것이 몇 달 전과 다른 점이었다. 워싱턴까지는 얼추 13시간이 걸릴 예정이었다. 이번 방미 목적은 미 대통령을 만나고 몇 가지 협의사항을 나누는 일이었다. 그 협의사항의 대부분은 구글의 플랫폼을 한국에 빠른 시일 내 도입하고 적용하는 일이었다. 최인지 대통령은 미 대통령을 만난 후 CIA 국장과 회동을 가질 예정이었다. 국장과의 회동은 공개되지 않은 일정이었다. 이후 워싱턴에서 1박 한 후 샌프란시스코 마운틴 뷰의 구글 본사를 방문하기로 되어 있었다. 총 3박 4일의 빡빡한 일정이었다.

최인지의 눈앞에 미국 생활을 마치고 한국에 돌아와 창당을 하고 대통령에 입후보하고 대통령이 되기까지 지난 6년여의 일들이 책장 넘기듯 스쳐 지나갔다. 동시에 앞으로 자신이 헤쳐 나가야 할 5년의 모습이 눈앞에 어른거렸다. 이미 그에게는 5년간의 계획이 입력되어 있었다. 피로가 몰려왔다. 최인지는 잠을 청했다. 점심을 먹은 후라 졸음이 쏟아지기도 했다.

얼마쯤 잤을까. 깨어보니 이륙한 지 4시간이 지나 있었다. 물한 잔을 마시고 최인지는 테이블에 있던 태블릿 PC를 집어들었다. 홍채 인식으로 메인 화면에 접근한 뒤 TS라 적힌 폴더를 열었다. Top Secret의 줄임말이었다. 폴더가 열리자 'Code Name: KOR-2027'이라 적힌 문서를 클릭했다. 암호가 걸려 있었다. 홍채 인식창이 다시 떴다. 인식 후 문서가 열렸다. 그 문서에는 다음과 같은 내용이 적혀 있었다.

인공지능 복제인간 AI_K1(최인지)의 대한민국 통치 계획

1단계(2027. 05~2027. 12):
— 구글을 중심으로 미국에서 개발된 기술을 실험하는 테스트 베드Test Bed로 남한을 활용한다.
— 적용 기술 및 플랫폼: 드론 에어바이크, 비트코인 금융 플랫폼, 바이오 프린팅(장기 복제)

2단계(2028. 01~2028. 12):
— 발견된 에러를 수정하고 기술 플랫폼을 정착시키면서 남한을 미국

테크놀로지 실험의 플래그십 국가로 완성한다.

3단계(2029. 01~2029. 12):

— 이를 기반으로 남한에 친미정권을 안착시키고 국민들을 친미 성향으로 만든다. 개헌을 위한 국민투표를 실시한다. 대통령 5년 연임제를 정착시켜 최인지의 10년 통치의 길을 열고 남한을 미국의 속국으로 만들어 51번째 주로 편입시킨다.

4단계(2030. 01~2030. 12):

— 신무기를 한국에 배치하고 정치적 군사적으로 북한을 압박하여 북한 흡수 합병에 유리한 고지를 점령하고 합병한다.

5단계(2031. 01~2032. 04):

— 미국의 51번째로 주로 편입된 통일 한국을 전초기지로 삼아 중국 및 러시아를 견제하고 일본 본토에 미군 주둔을 이행한다.

AI_K1 최인지의 대한민국 21대 대통령 당선 임무는 이 장기 플랜을 이루기 위한 포석이다. 그를 대통령으로 만들기 위해 정부, CIA, 구글의 씽크탱크 협의체를 만든다. 필요한 모든 비용은 군산복합체가 지불한다. 비용이 아니라 투자다. 맨파워와 테크놀로지 인프라가 뛰어난 남한을 미국의 속국으로 만들고, 새로운 형태로 형성된 동서 냉전 체제의

주도권을 잡기 위한 정치적 플랫폼으로 활용한다. 다시 말해 러시아, 중국 등 주변국에 대한 압력을 높이고 제압하기 위한 플랜이다.

최인지는 1단계 항목을 클릭했다. 구체적 목표 및 목표 달성을 위한 세세한 업무 지침이 빼곡히 적혀 있었다. 맨 마지막 줄에는 붉은색 글씨로 '단계별 항목 수행의 오차 범위는 7일'이라 명시되어 있었다. 인간이 해낼 수 있는 일이 아니었다.

최인지의 귀에 꽂혀 있는 이어폰에서 베토벤 교향곡 7번 2악장이 흐르고 있었다. 카라얀이 물결을 모으듯 두 손으로 비장한 화음을 쓸어 모으는 모습이 떠올랐다. 카라얀에 자신의 모습이 겹쳐졌다.

AI_K1 최인지가 전용기에 머물고 있던 같은 시각, 멕시코 동부 휴양 도시 베라크루스에는 한때 해커로 이름을 날렸고 구글의 핵심 브레인으로 일했던 최인지가 그의 멕시칸 아내와 다섯 살 된 아들을 데리고 해변을 거닐고 있었다. 아름다운 해변 도시지만 그에게는 유배지였다. 먹고살 만큼의 돈은 주어졌지만, 겨우 목숨만 건진 인생이었다. 누군가가 그의 인생을 조종하려는 것을 그는 참을 수 없었다. 그것이 미국 정부의 명령을 받은 CIA일지라도.

그는 이미 그의 뛰어난 지능을, 그의 따뜻한 심장을 복제인간에게 카피당했다. 그러나 그가 정말 참을 수 없었던 것은 그가 평생 추구했던 정의로움을 부품 빼가듯이 탈취당한 것이었다. 그는 살아 있어도 살아 있는 것이라 할 수 없었다.

수평선을 바라보는 그의 눈에는 초점이 없었다. 용도 폐기된 로봇 같았다.

지도가 지구를 덮은 날

ⓒ 김이박 2018

초판인쇄 2018년 5월 25일
초판발행 2018년 6월 4일

지은이 김이박
펴낸이 황상욱

책임편집 윤해승 | 편집 윤해승 이은현
디자인 김선미 | 마케팅 최향모 강혜연
표지 사진 Pierpaolo Ferrai
제작 강신은 김동욱 임현식 | 제작처 영신사

펴낸곳 (주)휴먼큐브
출판등록 2015년 7월 24일 제406-2015-000096호
주소 10881 경기도 파주시 회동길 455-3 2.5층

문의전화 031) 8071-8685(편집) 031) 8071-8670(마케팅) 031) 8071-8672(팩스)
전자우편 forviya@munhak.com

ISBN 979-11-88874-13-2 03810

fb.com/humancube44   @humancube44